Serge Camaille

LA MAIN SUR LE SAC

MARIVOLE

LA MAIN SUR LE SAC

Prologue

Il y avait bien plus d'une heure et demie que j'étais assis sur ce bloc de pierre, au coin de l'avenue Joseph-Claussat et du boulevard Berthelot. J'attendais. Les gens qui passaient devant moi me scrutaient de la tête aux pieds, peu habitués à voir un personnage de mon acabit dans leur quartier. Comme moi je ne les regardais pas, et surtout ne leur demandais rien, ils continuaient leur chemin sans aucun commentaire. Deux ou trois avaient bien haussé les épaules, mais c'était tout.

Certains ralentissaient pour regarder les trois belles voitures stationnées dans la cour, derrière moi, à travers la grille. Des Porsche. Je n'y connaissais rien, mais c'était écrit en gros caractère au-dessus de la grille. Il était en plus précisé : « Garage Estager ». Sans doute une annexe de la rue Bonnabaud. Moi, les voitures, je ne m'y intéressais pas. Pourtant, c'était un peu à cause d'une bagnole que j'étais là. Et si on veut remonter plus loin, c'était aussi à cause d'une autre que j'en étais arrivé là.

Mais revenons à celle qui m'occupait aujourd'hui. C'était une voiture jaune. Une Lancia Fulvia. Assez rare de nos jours pour pouvoir la repérer rapidement. Tout seul, je n'y serais pas parvenu. C'est Jean-Pierre, un des policiers municipaux que je croisais chaque matin en sortant de chez Max, qui m'avait renseigné :

— Une vieille Lancia jaune, dis-tu ? J'en vois qu'une ici, à Clermont. C'est celle du grand Pascal.

— Et qui est ce grand Pascal ?

— Un des serveurs du resto de la gare, chez Gorsse. Un sacré bringueur, aussi. Maintenant que tu m'en parles, il doit être en vacances, en ce moment. Je l'ai vu traîner à la terrasse du Faisan toute la semaine dernière…

— Cette semaine, tu ne l'as pas vu ?

— Pfff… J'ai pas trop fait gaffe ! Maintenant que tu m'en parles, je ne crois pas, non… Mais pourquoi le cherches-tu ?

— Oh, un truc à lui demander… Sais-tu où il crèche ?

— Pas vraiment, mais sa bagnole est souvent garée sur le boulevard Berthelot, le soir. Entre le haut de Blatin et l'avenue de Bordeaux, si tu vois… Devant le plus vieil immeuble, toujours. Je la vois quand je remonte chez moi. Tu n'as qu'à regarder sur les sonnettes. Il s'appelle Clayeux. Pascal Clayeux.

— Comment tu sais ça, toi ?

— Eh, je suis flic ! T'as pas oublié…

— Ouais, enfin, agent municipal !

— C'est les collègues de Pélissier qui me l'ont dit. Vu le nombre de fois qu'ils l'ont contrôlé bourré à la sortie du Grisnoir ou du Sheldon, il commence à être connu, ton oiseau !

Voilà comment j'avais atterri là, ce soir, à guetter l'arrivée de Pascal Clayeux… Plus de deux heures, maintenant, que je veillais. J'avais l'habitude. Il y avait aujourd'hui seize ans que je ne faisais que ça. M'asseoir, observer, attendre, regarder vivre mes semblables…

La nuit commençait à tomber avec le froid qui allait avec. J'aurais dû prendre mon pardessus. Mais la journée avait été belle et je m'étais contenté de ce petit blouson ramassé dans une poubelle de la rue des Gras. Si je voyais de la lumière au travers des volets des trois étages, le rez-de-chaussée restait, lui, dans la pénombre. Personne.

En suivant les conseils de l'ilotier Jean-Pierre, j'avais, en arrivant ici, vérifié les noms sur les sonnettes. Si l'ordre des étages était respecté, les Clayeux habitaient bien au rez-de-chaussée. Une étiquette Dymo mal collée indiquait en effet sur la sonnette du bas : « Sylvie et Pascal Clayeux. » Il était marié, en plus, cet enfoiré ! Si ça se trouve, ils étaient partis en vacances. Tu parles, facile pour eux, maintenant ! Tant pis, j'attendrais quand même. Qu'est-ce-qu'il croyait, le Clayeux, que personne ne l'aurait vu ? Qu'il allait pouvoir mener une vie de pacha sans que je le cherche ? Pas de chance pour lui, Dimitri l'avait repéré, avec sa bagnole jaune. La boulangère de la rue Saint-Alyre aussi. Quand, hier soir, je suis monté catastrophé chez Dimitri, il a tout de suite compris que quelque chose ne tournait pas rond :

— Que t'arrive-t-il donc, mon gars ?

— Ce qui m'arrive ? On m'a dévalisé ! Tu n'aurais pas remarqué quelqu'un qui entrait ou sortait de l'immeuble, par hasard ? Quelqu'un d'inhabituel ?

Il faut dire que l'immeuble en question était peu fréquenté. Dimitri au premier, un vieux pochtron au deuxième, qui ne faisait que des allers-retours du bistrot à chez lui et vice-versa, et un couple de petits étudiants au dernier, sous les combles. Et moi, bien sûr, à la cave. Le vieil homme me regarda, embêté, et répondit :

— Entré, non, je n'ai pas fait attention… Mais sortir, oui. Un homme bien sur lui, avec un sac bleu, genre sac de sport.

J'ai cru à un copain des petits jeunes, là-haut. Il est parti dans une voiture jaune. Une Lancia Fulvia.

— Tu connais les modèles de voiture, toi ?

— Qu'est-ce que tu crois ? Regarde !

Il me désignait un coin de son capharnaüm, sur une vieille étagère. Toute une collection de vieux numéros d'*Auto-Journal* y trônait.

— Si je n'ai jamais eu de voiture, j'aime bien quand même. L'esthétique des anciennes, surtout. J'aurais pu m'en acheter une, remarque, mais j'en aurais fait quoi ? Je te rappelle que je suis un ancien roulant cheminot. Donc, je ne paie pas le train !.. Il était à toi, le sac bleu ?

— Ben oui !

— Désolé. Si je peux faire quelque chose…

— Que veux-tu faire ? Tu l'as déjà vu partir, avec mon sac. Tu as vu sa bagnole, c'est bien aussi. Je vais me débrouiller.

Voilà comment j'ai su, pour la Lancia… Toujours personne. Il était plus de neuf heures du soir, maintenant. Dimitri… C'est un personnage, Dimitri, quand j'y pense. C'est un peu à cause de lui si je suis resté à Clermont aussi longtemps. Sept ans, maintenant.

1

La première fois que je l'ai vu, Dimitri, il sortait de la librairie Gibert, en short, le sac au dos et le sourire aux lèvres. Il pouvait avoir soixante-dix, soixante-quinze ans, mais sa carrure imposante laissait voir une forme parfaite. Il laissa tomber une pièce de un franc dans mon couvercle de boîte à camembert. Il revint le lendemain, le surlendemain, et quelques autres jours encore. Il prenait quelques livres d'occasion à l'étalage et me laissait à chaque passage une pièce de un franc. Moi, je trouvais la place bonne, entre la librairie et la brasserie de Strasbourg. Je m'asseyais au coin de la porte cochère et y passais la journée. Il y avait beaucoup de passage, et surtout personne ne me virait. Depuis, j'avais changé mes habitudes. D'abord parce que la brasserie n'existait plus : elle avait fait place à une espèce de restaurant rapide qui n'en avait que le nom. Ensuite, Gibert avait fait des travaux, et la nouvelle devanture ne me convenait plus. Mais revenons à Dimitri. Un jour, au lieu de la sempiternelle pièce posée dans ma boîte, il me demanda, en désignant la terrasse de la brasserie :

— Tu veux boire quelque chose ?

D'instinct, il m'avait tutoyé. J'en avais fait de même en me levant :

— Si tu veux…

On s'installa à la première table. Il commanda un demi, et moi un café :

— Tu peux prendre autre chose, si tu veux.

On était fin octobre, et je n'avais pas plus soif que ça. De plus, j'étais un inconditionnel du bon café. Quand je le lui dis, il opina et m'attaqua bille en tête :

— Que fais-tu dans la rue ? Tu ne ressembles pas aux autres, là, sur la place, ou à la gare…

On y était ! Il voulait savoir, lui aussi. Combien de gens m'avaient posé cette question ? Je ne saurais le dire. J'arrivais toujours à éluder la réponse. Mais avec lui, je ne sentais pas la même curiosité, cette espèce de compassion qui souvent m'exaspérait. Je commençai par une petite boutade :

— Pourquoi, pas comme les autres ? J'ai les cheveux longs, la barbe, un gros sac sur lequel je m'assieds… Je ne vois pas ce qui me différencie.

Dimitri me regarda de la tête aux pieds :

— Je ne sais pas… Tu n'as pas de chien, déjà !

— Ah, le cliché ! Un clodo, un chien !.. Non, je n'ai pas de chien. J'aime bien les chiens, remarque. C'est d'ailleurs pour ça que je n'en ai pas. Je préfère rester seul dans ma galère. Pourquoi y entraînerais-je une de ces pauvres bêtes ?

— Vu comme ça, évidemment… Et comment ?

— Ah non, pas toi ! Comment j'en suis arrivé là, c'est ça que tu veux savoir ?

— Non, non… Enfin, si tu veux m'en parler. Mais là, c'était juste pour savoir comment on t'appelle…

— Léon, on m'appelle Léon. Et toi ?

— Dimitri.

— Eh bien, Dimitri, puisque tu veux savoir…

Je lui racontai mon histoire. Enfin, ce que je voulais bien en dire. J'en cachai quand même les aspects les moins reluisants, de façon à ce qu'il ne me prenne pas pour un salaud intégral. Quand j'eus terminé, il me demanda :

— Et tu crèches où, la nuit ?

— Par-ci, par-là ! Il n'y a pas longtemps que je suis à Clermont. À peine trois semaines. Ce n'est même pas là que je voulais venir. Je descendais dans le sud. Un routier m'a ramassé à la sortie de Nevers, et m'a déposé ici. Enfin, à la Sernam. Depuis, je suis là. Mais je vais bien repartir !

— Et si je te proposais quelque chose ?

Qu'est-ce qu'il me voulait, lui ? À ce moment-là, toutes sortes d'hypothèses me sont passées par la tête. Au point où j'en étais, je lui fis préciser. Sa réponse me sidéra :

— Eh bien voilà : j'occupe un vieil appartement pas loin d'ici. Depuis que mon épouse a rejoint les anges, je l'occupe seul, avec mes chats… Attends ! Je ne te propose pas une cohabitation, je sais que ça ne marcherait pas. Mais j'ai une grande cave, où j'entrepose mes cartons de livres. Si ça peut te dépanner.

Pour ne pas le froisser, j'avais répondu évasivement :

— Faut voir !

Il avait dû prendre ça pour argent comptant, puisque juste avant la fermeture de la librairie, il était revenu mains aux poches, en demandant simplement :

— On y va ?

Je me sentis obligé de le suivre. Dès la place Gaillard dépassée, il m'entraîna dans une ruelle sombre qui descendait vers une église. Le quartier était noir, étroit et vieux. On continua encore un peu, dans une nouvelle petite rue. J'en avais repéré le nom. Rue Saint-Alyre. On formait quand même un drôle d'équipage tous les deux. Lui en short et maillot sans manche d'un blanc douteux, et moi avec mon vieux pardessus et mon gros sac marin au dos. Il s'arrêta devant une vieille porte d'immeuble au bas de laquelle une chatière grossière avait été percée. Il se contenta de la pousser, et me fit entrer. Malgré la lumière blafarde produite par une ampoule crasseuse, il fallait bien ouvrir les yeux pour ne pas se casser la gueule : l'escalier étroit en pierre de Volvic était sinistre. Il grimpa jusqu'au premier, sortit une grosse clé de sa poche, et me laissa passer. Une odeur de pisse de chat me prit à la gorge, à peine entré dans le vestibule. Des chats, il y en avait partout. Deux sur un vieux fauteuil en cuir, deux autres autour d'une gamelle en fer-blanc, un sur l'évier, un dans mes jambes, et le dernier dans les siennes, miaulant comme pour l'engueuler. Il vit ma gêne, et se justifia :

— J'ai beau leur laisser deux litières et les changer chaque jour, ils sont trop nombreux, tu comprends ?

— Mais… Ils sont tous à toi ?

— Oui. Enfin, non, mais avec les chatières, il en arrive un nouveau de temps en temps, et je n'ai pas la volonté pour les chasser. Et puis ça me tient compagnie… L'odeur, on s'y fait !

Il me fit asseoir dans sa cuisine, me proposa un verre de vin rouge. Pas n'importe quoi : un Saint-Joseph de bonne facture. Dérogeant à mes habitudes, j'acceptai. Pour dissiper tout malentendu, il se justifia en me disant qu'il s'en accordait un chaque soir, que c'était bon pour la santé. Il me demanda ensuite si j'avais faim, et sans attendre de réponse, il sortit de son vieux placard deux assiettes, des couverts, puis un assortiment de saucissons tous plus appétissants les uns que les autres. Un joli pain de deux livres fut sorti d'un torchon. Péremptoire, il me le tendit :

— Vas-y !

Comment faire autrement ? On fit une belle entorse aux saucissons, puis à une tomme qu'il posa sur la table après l'avoir récupérée dans une cloche à fromage accrochée audessus de la fenêtre. Durant tout le temps du repas, il évita les questions. Je sentais pourtant qu'il en mourait d'envie. Il m'invita ensuite à passer dans ce qu'on pouvait appeler le salon. Chaque mur était occupé par des étagères de livres. Il ne restait pas un centimètre carré de libre. Sur une table basse improvisée, d'autres piles d'ouvrages, pêle-mêle. Je pris place dans un des deux vieux fauteuils, scrutant avec intérêt cette insolite bibliothèque. Il disparut quelques minutes pour revenir avec deux vieux bols de café brûlant. Il me tendit un paquet de Gauloises en précisant :

— Profites-en, parce qu'en bas, on ne fume pas !

— Ici non plus, ce n'est pas prudent.

— Oh, tu sais, j'en fume une chaque soir, avec le café, et après je me cale ici avec un livre. Je ne risque pas de m'endormir… Bon, si je te montrais tes appartements ?

On redescendit. Quelques chats nous suivirent. L'escalier de la cave était encore plus étroit. Plus mal éclairé, aussi. Trois portes grossières ajourées, toutes du même côté. Il avança jusqu'à la dernière, sortit une gosse clé de sa poche et m'invita à le suivre après avoir actionné un interrupteur. Une lumière violente inonda la petite pièce :

— J'ai tiré un fil jusqu'ici pour y voir clair quand je range.

La cave était entièrement capitonnée de cartons. Même la porte. Le sol aussi en était recouvert, d'une propreté étonnante. Des piles de cartons occupaient tout le fond ainsi qu'un des murs :

— Ce ne sont que des livres et des revues… Je n'arrive pas à m'en séparer, alors je compile ! Tu crois que tu pourras t'y plaire ?

J'étais abasourdi. Je m'entendis répondre :

— Il faudrait être difficile !

— Tu n'auras pas froid ? Tu as ce qu'il faut ?

— Ne t'inquiète pas, ça ira. J'ai un vieux duvet militaire, dans mes affaires. Au pire, j'ai le pardessus. Huit ans de rue, ça demande un minimum d'organisation.

Il acquiesça, me confia sa clé et me souhaita une bonne nuit. En cet instant, je m'étais dit que ça pourrait me convenir pour quelques jours, voire pour l'hiver qui arrivait. Il y avait maintenant plus de sept ans de ça ! Voilà qui était Dimitri. Et bien d'autres choses encore !

Bon, il était maintenant plus de dix heures du soir, et personne encore ne s'était pointé chez les Clayeux. Toujours pas de voiture jaune, non plus. Si ça se trouve, ils étaient vraiment partis en vacances avec mon sac. Tant pis, j'allais continuer à veiller.

2

J'allais pour lever mes fesses de mon siège improvisé afin de me dégourdir les jambes quand une jeune femme marqua un temps d'arrêt devant la porte de l'immeuble des Clayeux. Blonde, la petite trentaine à ce que je pouvais en distinguer, vêtue d'un imper rouge. Elle jeta un regard autour d'elle et reprit sa route. Bizarre. On aurait dit qu'elle avait hésité sur la conduite à tenir. Je la suivis des yeux. Elle continua son chemin, coupa la rue Blatin quand le feu fut vert pour elle, puis longea la Banque de France. Enfin, elle s'engouffra sous un porche, deux cents mètres plus loin. Fausse alerte. Ou pas... Je repris ma place sur le gros caillou. Patienter, encore. Je me replongeai dans mes souvenirs, pour passer le temps.

***

Le lendemain matin de mon arrivée chez Dimitri, je montai de bonne heure afin de lui rendre sa clé. Il parut étonné, me demanda si quelque chose n'avait pas été. Je lui répondis que j'avais, au contraire, passé une excellente nuit. Je le remerciai encore. Il me répondit indirectement :

— Tu peux la garder, la clé. J'ai un double. Tu veux un café ?

— Je veux bien, merci ! Mais pour la clé...

— Quoi, la clé ? Tu ne veux pas rester ?

— Si... Enfin, je ne voudrais pas...

— Tu ne voudrais pas quoi ?

— Je ne sais pas... Gêner... Non, même pas ! Être redevable de quoi que ce soit.

— Si c'est ce qui te tracasse, je ne te demanderai jamais rien. Je vais me sentir moins seul, c'est tout. Même si tu restes en bas et moi ici, je sais que tu es là... Allez, va me remettre ce baluchon en bas !

Il nous versa un grand bol de café chacun. Je ne lui avais pas répondu. J'ai ramassé la clé sur la table, et j'ai ajouté :

— Le sac, je le ramènerai plus tard... C'est ma journée laverie !

— Ta journée quoi ?

— Le jeudi, c'est le jour où je vais laver mes fringues à la laverie automatique des Carmes. On peut vivre dans la rue, ça n'empêche pas la propreté.

— Tu sais que j'ai une machine ?

— Non... Faut pas exagérer ! Pour ça, je continuerai comme avant.

— C'est comme tu veux... Et pour ta toilette ? Je suis curieux, tu vas me dire... Parce qu'ici, il n'y a pas de salle de bains.

— T'inquiète. Deux fois par semaine, je vais aux douches municipales, en face de la gare. Pour le reste, chaque jour, je m'arrête à la fontaine de la Poterne. Un petit coup de flotte sur la tronche, un coup de brosse à dents, et le tour est joué !

— Tu t'es vite organisé, dis donc ! Avant de venir à Clermont, t'allais où ?

— Oh, tu sais, depuis le temps que je fais la route, j'en ai vu, des villes ! En général, j'allais plutôt dans le Sud. Il fait moins froid, l'hiver. Disons que j'allais là où on voulait bien me poser !

— Tu ne me parles que de froid, d'hiver. Pourquoi ? Il y a quatre saisons, quand même.

— Pour moi, ce sont les hivers, les plus durs à passer. Déjà, quand je me suis retrouvé à la rue, l'hiver n'était pas loin. On était à huit jours de Noël. C'était en soixante-six.

— Mais comment ?

— Un jour, peut-être, je te dirai comment. Sache juste qu'on ne finit pas dans la rue volontairement. Cette nuit-là, je me suis retrouvé au milieu de nulle part, à quatre heures du matin. Instinctivement, j'ai pris le chemin de chez moi. J'avais l'air malin, seul, en plein Paris, avec mon petit costume de représentant de commerce et mon pardessus bon marché. Il me restait dix sacs en poches. Cent francs, si tu préfères. J'aurais pu héler un taxi, pour rentrer. Et après ?.. Non, il fallait que je le garde intact, ce billet. Il faudra que je te raconte son histoire, à ce biffeton… Mais pas aujourd'hui.

— Tu es bien mystérieux, mais bon. Et après ?

— Après ? Je ne crois pas que j'avais envie de retourner chez moi. Avec toutes les casseroles que j'avais au cul, j'avais l'impression qu'on m'entendait cliqueter jusqu'à Versailles quand je marchais. C'est sur le pont de Tolbiac que j'en ai pris conscience. Je m'étais arrêté, je m'étais assis sur le parapet, hésitant… Mais je n'ai pas eu le courage de sauter. Même ça, je l'ai raté. Alors j'ai fait demi-tour.

« À ce moment-là, je ne savais pas du tout où aller. Quand j'ai vu un des premiers bus de la matinée à l'arrêt, j'ai gratté le fond de mes poches. Il me restait deux billets d'un vieux carnet. Je me suis engouffré dedans et j'ai attendu. Le bus a démarré. Je regardais défiler le paysage par le carreau, ne sachant pas que faire. Il fallait que je réfléchisse, mais je ne voyais pas de solutions à mon cas. C'est arrivé devant la gare de l'Est que j'ai eu l'idée. J'avais besoin d'argent, alors j'ai commencé à aborder les gens en racontant à chacun qu'il me manquait quelques francs pour prendre mon billet. Jamais je n'aurais cru que ce fût aussi facile. À midi, j'avais déjà récolté cent balles de plus !

« C'est à ce moment-là que j'eus le déclic. Il fallait que je disparaisse, au moins pour un temps. Je connaissais un vieux faussaire à qui j'avais rendu service, dans le cadre de mon boulot. Il avait cru monter une magouille à l'assurance en faisant croire à un vol dans son magasin de fringues. J'étais son courtier, à l'époque. Il m'avait appelé, et j'avais vu tout de suite que c'était du flan. Avant qu'il n'appelle la maréchaussée, je lui avais conseillé de modifier l'apparence du casse, pour que ce soit plus crédible. Avec un clin d'œil. Ma compagnie lui avait versé un joli paquet, à la suite de ça. Depuis, il m'était redevable, et me le rappelait à chacune de mes visites. Il était temps que je le mette à contribution.

« Quand il me vit débarquer chez lui, il comprit que j'étais dans la panade. Après m'avoir dit qu'il m'avait prévenu que ça finirait comme ça, il accéda à ma demande. Il récupéra la photo de ma carte d'identité et disparut une bonne heure dans son arrière-boutique. Quand il revint, il me tendit une nouvelle carte, en me disant que je ne risquais rien : l'ancien possesseur de ma nouvelle identité avait fini au fond d'une crique en Italie, victime d'un règlement de compte. C'était le commanditaire qui lui avait refilé la carte en lui disant qu'il trouverait bien à en faire quelque chose. La carte était parfaite. Je m'appelais maintenant Léon Parédès. J'étais né à Nice, et j'avais deux ans de plus de mon âge. Je l'ai remercié et je suis parti. Je ne l'ai jamais revu, mon vieil escroc.

— Tu travaillais dans les assurances, alors ?

— Dans une autre vie, oui… Mais peu importe ! Il fallait maintenant que je parte, que je quitte Paris, au moins pour quelques mois. C'est qu'on allait commencer à me chercher de toutes parts. Je n'allais pas rester dans cette gare qui ne pouvait m'emmener que vers le froid. La gare de Lyon? Non plus. Quelqu'un aurait pu me reconnaître sur ces lignes. C'était celle qui menait chez moi… Enfin, chez moi, chez mes parents, devrais-je dire.

— Parce qu'ils sont d'où, tes parents?

— Imphy…

— Ah oui, vers Nevers.

— Tu connais?

— J'ai été cheminot pendant quarante-cinq ans, n'oublie pas!

— C'est vrai. Pas question, donc, de prendre de risque. J'avais décidé que ce serait la gare d'Austerlitz. De là, je trouverais bien un train qui m'emmènerait au soleil. Bordeaux, ou plus bas. Bayonne, Biarritz. Je me prenais à rêver, dans ma panade.

— Mais comment avais-tu atterri à Paris, depuis Imphy?

— Là, c'est une autre histoire… Je te la raconterai une autre fois. On a le temps, hein? Tu ne connais Imphy que de nom, toi, ça se voit! Imphy, ce sont les aciéries, et rien d'autre. Tout tourne autour des aciéries. Je n'allais pas finir à l'usine, comme mon père! J'ai donc pris le chemin de la gare d'Austerlitz. À pied. En route, je me suis arrêté dans un magasin, « La Hutte », je me suis acheté une paire de pataugas, un pull en laine et un sac de sport Hungaria pour y fourrer le tout. Arrivé à la gare, j'ai regardé le tableau des destinations. Il y avait un train pour Toulouse à quinze heures trente. Toulouse, pourquoi pas?

« J'ai pris un billet jusqu'à Orléans, pour ne pas trop entamer mon pécule, puis j'ai recommencé mon manège du matin. Quand je suis monté dans le train, j'avais remboursé deux fois la valeur de mon ticket. Bon, ça ne s'est pas passé vraiment comme je l'avais prévu. Jusqu'à Châteauroux, je n'ai pas vu l'ombre d'un contrôleur. C'est après que ça s'est corsé. J'ai joué à cache-cache avec lui jusqu'à Limoges. Là, j'ai préféré descendre.

« Le train était bondé, c'était le début des vacances de Noël. Je me suis perdu dans la foule, et suis sorti. Belle gare, que cette gare de Limoges. Mais les gens n'étaient pas très généreux, et mon petit manège fonctionna moins bien qu'à Paris. En deux heures, je n'avais récolté que trois cents balles. Trois francs, si tu préfères. En plus, deux flics avaient repéré mon stratagème. Ils m'ont contrôlé, et m'ont laissé partir. La carte de mon vieil escroc avait passé son examen avec succès.

« Je n'allais pas rester là. Il faisait un froid de canard. Je suis allé me changer dans les toilettes. Ensuite, je suis parti à la recherche de la route de Toulouse. Plus question de prendre le train. Il fallait que je préserve le peu d'argent qu'il me restait. Et pas question de toucher au billet de cent balles. Je ne sais pas combien de temps j'ai marché avant de trouver un panneau indicateur pour Toulouse. Mais je n'avais plus froid. En continuant d'avancer, j'ai tendu le pouce. À ma grande surprise, un gros Berliet s'est arrêté à peine cinq minutes plus tard. Il allait à Cahors, prendre livraison de vin. Il y passerait la nuit. Je lui montai un bateau, comme quoi je rejoignais une copine à Toulouse, que j'étais étudiant, et que j'étais sans un. Il eut la gentillesse de d'abord m'offrir à manger dans un routier, puis de demander à un de ses collègues de me prendre jusqu'à Toulouse. Voilà comment j'ai atterri dans la ville rose.

« J'y suis resté tout l'hiver, et une bonne partie du printemps. J'avais pris mes quartiers autour de la gare Matabiau. Si, au début, je fus contrôlé quelques fois, après les flics me foutaient la paix. J'étais presque devenu un élément du paysage. Mes cheveux avaient poussé. Ma barbe aussi. Je commençais à rassembler à ce que je suis aujourd'hui… Mais dis donc, il faut que j'aille laver mes frusques, là… Allez, à plus tard !

Voilà à quoi ressembla ma première matinée chez Dimitri. Ce jour-là, je suis retourné m'asseoir devant chez Gibert, après avoir fait tourner une machine. À cinq heures, Dimitri s'est pointé à la librairie, en me faisant un clin d'œil au passage. En sortant, il laissa tomber une pièce de cent balles dans ma boîte, comme d'habitude. Mais cette fois, il ajouta: « À tout à l'heure ! »

***

Il faisait vraiment froid, maintenant. Je commençais à me relever pour me réchauffer quand je vis la blonde qui revenait dans l'autre sens.

3

Elle revenait vers l'immeuble que je surveillais. J'étais resté debout, prêt à intervenir. Elle ralentit le pas et s'arrêta devant le numéro huit. En trois enjambées, j'avais traversé le boulevard. Au moment où elle introduisait une clé dans la serrure, je l'interpellai :

— Pardon, madame… Seriez-vous madame Clayeux ?

Elle recula d'un pas, légèrement effrayée, me regarda avec un voile de dégoût dans les yeux :

— Non… Pourquoi ?

Elle n'avait pas lâché la clé, mais n'esquissait pas un geste pour la tourner. L'effet de surprise passé, je crus déceler chez elle une certaine curiosité. J'y allai de mon petit laïus :

— J'avais rendez-vous avec Pascal Clayeux, mais je l'attends depuis plus de deux heures, maintenant…

— Ah ? Lui, je ne l'ai pas vu depuis trois jours peut-être, maintenant. Elle, elle devrait être là. Je l'ai vue partir ce matin, en même temps que moi. Elle est coiffeuse, en ville. Elle devrait être rentrée. À moins qu'elle ne se soit rendue chez ses parents, à Saint-Jacques. Elle ne devrait de toute façon plus tarder !

— Vous avez l'air de bien les connaître ?

— Lui, pas plus que ça ! C'est un vicieux, qui me déshabille du regard quand on se croise dans l'escalier. Mais elle, oui. On a le même âge, et on discute souvent. Je peux vous dire qu'elle n'est pas tous les jours à la noce, avec un abruti pareil ! Enfin, si c'est un de vos amis…

Il fallait que je la rassure. Sinon, elle allait partir :

— Non, pas du tout ! Il doit juste me rendre un truc qu'il m'a emprunté… Rien d'important. C'est une simple relation de bistrot, mais je ne sais rien de sa vie.

— Ah… Eh bien, elle n'est pas bien claire, sa vie ! Il arrive qu'il ne rentre pas de tout un week-end, voire plusieurs jours. Alors sa femme vient pleurer chez mes parents. C'est dans ces moments-là qu'elle se confie à moi. Mais dès qu'il revient, elle se jette dans ses bras, cette gourdasse… Bon, il faut que je rentre, maintenant. Bonsoir, monsieur.

Elle tourna la clé, me jeta un dernier regard en s'engouffrant dans l'entrée sombre de l'immeuble, puis la porte se referma sur elle. Je n'étais pas plus avancé, sauf d'avoir la confirmation que le Clayeux était un bel empaffé. Je retournai m'asseoir sur le caillou, en face. J'allais continuer à veiller, vaille que vaille, malgré la fraîcheur de la nuit.

Comment avais-je pu être aussi naïf, avec ce sac ? Je savais que des bruits couraient à mon sujet, sur la place de Clermont. Pensez, un clodo qui ne picole pas, qui vit chez un vieil original… qui, s'il parle avec ses congénères de temps en temps, ne se mélange jamais à eux… Alors bien sûr, les rumeurs allaient bon train. J'étais, d'après les ragots, millionnaire en dollars. Dimitri m'en avait déjà touché deux mots, m'incitant à la prudence. Mais lui non plus ne savait rien de ce sac. Jamais il ne se serait permis d'aller fureter dans mes affaires. Le sac, je ne le sortais jamais du fond de mon grand sac marin. C'était comme un symbole, mon vieux sac Hungaria. C'était avec lui que j'avais débuté ma dérive. Avec lui et mon vieux billet de cent balles, bien tapi au fond. Rien que pour ça, je tenais à le récupérer, mon sac. Et pour le reste aussi. Il avait été mon compagnon d'infortune et devait le rester jusqu'au bout. Bien sûr, c'est un peu ma faute, aussi. Je n'avais qu'à pas mettre tous mes œufs dans le même panier.

Attendre, encore... Dimitri allait commencer à se demander ce que je foutais. Sans jamais le dire, il s'inquiétait toujours quand il ne me voyait pas revenir, et il fallait immanquablement que je passe chez lui avant de descendre dans ma cave, sinon il ne se coucherait pas. Une fois, il m'a dit que j'étais un peu le fils qu'il n'avait pas eu. Comme j'aurais aimé ! Parce que le mien, de père, ce n'était pas une référence en la matière...

***

Depuis que j'avais entamé ma deuxième vie, seulement deux personnes avaient compté. Trois, peut-être, si j'y inclus Rose. Et Dimitri en faisait partie. L'autre, c'était Ferdinand. Depuis bien plus longtemps. Presque depuis le début, en fait ; quand, à la fin du premier hiver passé à Toulouse, j'eus une envie irrépressible de remonter à Paris, avec les beaux jours...

Paris, je n'y suis jamais retourné. Je m'étais posté sur le parking d'un routier, au nord de Toulouse. Là, un brave type m'a proposé de m'emmener avec lui. Il y allait, à Paris, avec une escale à Bourges. Seulement, on n'est jamais parvenus au terme de la première étape. Son vieux Saviem a rendu l'âme entre Sancoins et Blet, dans le Cher. Le temps d'alerter la dépanneuse, j'ai décidé de continuer ma route à pied, en levant le pouce, mon gros sac marin sur le dos. C'est là que j'ai rencontré Ferdinand. Il avait stoppé son tracteur, en me demandant où j'allais. J'avais répondu, désabusé :

— Droit devant, où le vent me portera…

Il me proposa de m'avancer. J'eus un sourire, qu'il prit pour un acquiescement. En réalité, j'étais en train de me dire que je n'irais pas loin, perché sur l'aile d'un tracteur. En avançant, il me scrutait en se demandant comment aborder la conversation. Juste avant de tourner sur sa droite, il dit :

— Tu chercherais-t'y pas de l'ouvrage, par hasard ? Sinon, c'est pas sur la route de Sagonne que tu trouveras une auto…

Il m'avait sans doute pris pour un journalier. Je n'y connaissais rien, moi, en agriculture. Néanmoins, je m'entendis répondre :

— Pourquoi pas ?

Il afficha un large sourire sous sa moustache broussailleuse et me dit en me tendant la main :

— Tope là !

Il redonna de l'accélération au tracteur, comme pour signifier la validation du contrat. En continuant sur la petite route du village, il précisa :

— Cinq cents francs par jour, nourri, logé, ça te va ?

— Cinq francs, vous voulez dire ?.. Oui, c'est très bien.

On dépassa le village, puis il s'engagea sur un chemin de terre. Au bout, on distinguait un corps de ferme. Il s'arrêta au milieu d'une grande cour. Un grand chien hirsute lui tourna autour en aboyant dès qu'il eut mis pied à terre, puis vint me flairer le bas du pantalon jusqu'à l'entrée du corps d'habitation. À peine entré, le paysan gueula :

— Solange ! Sors deux verres et la goutte, on a du monde.

Une petite femme avenante nous surprit en entrant derrière nous. À petit pas, elle se dirigea vers un buffet noir et massif, en sortit une bouteille de vin étoilée et deux verres aussi grands que des dés à coudre. Elle se contenta de dire :

— J'étais à la laiterie… Vous voulez du café, avec ? J'en ai sur la cuisinière…

Ferdinand lui répondit :

— Fous-moi la paix avec ton café. J'veux dormir, c'te nuit ! Tu m'demandes pas qui que c'est, lui ?

Elle me sourit comme pour l'excuser :

— J'allais le faire. Bonjour, monsieur.

— J'l'ai trouvé sur la grand-route. J'y ai demandé si des fois y cherchait pas du boulot. Y m'a dit que si, et voilà !

Tout en parlant, il avait rempli nos deux verres. Il avala le sien d'un coup de tête en arrière et s'en resservit prestement un autre. J'avais à peine trempé les lèvres dans le mien. Il continua, après avoir vidé son deuxième godet :

— Alors moi, c'est Ferdinand. Elle, c'est Solange, ma femme. Et pis toi ?

— Moi, c'est Léon.

— Eh ben, Léon, j'vas te faire voir tes appartements.

Comme pour se justifier, la petite dame me prévint :

— C'est qu'on n'a pas beaucoup de place, ici... Juste une chambre pour Rose.

Le paysan répliqua :

— Y s'en fout, lui ; du moment qu'il a un toit sur la tête !

Il me guida jusqu'à une grange. Au fond, il grimpa à une échelle, m'intimant de le suivre :

— Là, c'est le fenil. Mes journaliers, ils ont toujours dormi là. Ça te va ?

— C'est parfait !.. Rose, c'est votre fille ?

— Non. On n'a pas de gamin ! C'est la frangine à ma femme.

Je n'en sus pas plus ce jour-là.

Dès le lendemain, il m'initia aux travaux agricoles. On n'était encore que mi-mai, et la fenaison n'allait pas tarder. On discutait beaucoup, avec Ferdinand. Mon histoire l'avait fasciné, même si, comme pour Dimitri, je ne lui avais pas tout dit. Lui me parlait de son drame : il ne pourrait jamais avoir d'enfant. Certains soirs, harassé de fatigue, il se lamentait :

— Pour qui donc que j'fais tout ça ?

Je ne savais que lui répondre. Il y avait bien Rose, qui en aurait peut-être, elle, des enfants, un jour. Rose, c'était sa belle-sœur. Une jolie gamine délurée qui venait le samedi et repartait le dimanche soir au CET de Saint-Amand, où elle apprenait le métier de secrétaire. Elle habitait avec Ferdinand et Solange depuis que ses beaux-parents avaient péri dans l'incendie de leur maison. Malgré ses airs émancipés, la petite Rose rougissait dès qu'elle me disait bonjour.

Notre amitié, avec Ferdinand, fut définitivement scellée un après-midi de la mi-juin. Le cul sur le tracteur, il s'évertuait à respecter la ligne des monticules de foin laissés par la faneuse la veille. Les bottes sortaient tous les dix mètres et je suivais à pied avec ma fourche pour les dresser par deux en « château », de façon à ce qu'elles sèchent mieux. Quand la presse s'enraya, Ferdinand descendit et tenta de tirer sur la ficelle qui s'était emmêlée. Une fois la ficelle rompue, la machine s'emballa tandis que le bras de Ferdinand y était encore engagé. Je n'eus que le temps de balancer ma fourche dans le mécanisme et de le tirer en arrière. Miraculeusement, les dents de la fourche stoppèrent la machine, et Ferdinand s'en sortit avec une seule estafilade le long de son bras. Les fesses par terre, blanc comme un linge, il se contenta de murmurer :

— Eh ben, si t'avais pas été là !

De ce jour, ce fut à la vie à la mort, entre nous. On rentra à la ferme, pour réparer la presse. Ma fourche avait fait rompre la courroie de la machine. Quand le paysan raconta l'aventure à sa femme, elle me regarda comme si j'étais le messie.

La saison passa. Fenaison, moisson, fumage, hersage et labourage nous menèrent jusqu'à fin septembre. Il était temps que je reparte. Malgré l'insistance de mes amis, ma décision était prise. Ils me proposèrent même de m'emmener là où je le voulais. Je dis à Ferdinand que le bord de la route de Sancoins serait suffisant. Je dus promettre, avant de partir, de revenir faire la saison suivante. Je ne savais pas moi-même où j'allais atterrir dans les jours à venir, alors tirer des plans sur la comète pour l'année suivante… Je me contentai de leur dire que je ferais mon possible.

Le fourgon qui me ramassa ce jour-là me laissa à Roanne. J'y passai la nuit devant la gare, récoltai quelques pièces, puis repris ma route dès le lendemain. Un représentant de commerce me posa à Saint-Étienne, puis un routier jusqu'à Grenoble. J'y pris mes quartiers d'hiver, aux alentours de la gare, avec quelques incursions vers la patinoire, les jours de compétition, pendant les Jeux Olympiques. Ce fut un de mes plus beaux hivers, question finance. Avec le monde qui venait voir les Jeux, les étrangers surtout, je me suis bien rempli les poches. Début mai, c'était presque à contrecœur que je décidai de remonter. J'allais tenir une promesse que je n'avais pas faite.

Quand ils me virent débarquer à Sagonne, les deux paysans ne cachèrent pas leur joie. Depuis, chaque première semaine de mai, je repars vers le Berry passer l'été. Voilà comment est née mon amitié avec Ferdinand.

***

Bon, bientôt minuit, et toujours personne chez les Clayeux. Si elle est allée chez ses parents, elle rentre bien tard, la petite dame. Lui, je ne me fais guère d'illusions. Il doit être parti sous d'autres cieux, avec ce que contenait mon sac.

4

Le temps ne jouait pas en ma faveur. Le temps qui passait, voulais-je dire : plus j'attendrais, et moins j'aurais de chance de récupérer mon sac… Le temps qu'il faisait, aussi. Je commençais à sentir sur mes épaules une espèce de bruine qui allait me glacer jusqu'aux os. Mais j'allais tenir ! J'en avais vu d'autres…

Surtout les premières années. Avant ma mésaventure, je ne supportais pas de rester seul plus de quelques heures. Il fallait que je parle aux gens, que je partage. C'est d'ailleurs grâce à ce don, et un peu à mon culot, que j'avais réussi à me faire une belle place au soleil, quand j'avais débarqué à Paris. Ce n'était pas avec mon CAP de mécanicien de maintenance que j'allais pouvoir réaliser mes rêves. J'avais dix-neuf ans, à ce moment-là, et j'avais rejoint Sandrine. Je l'avais connue à une fête de village à La Machine, l'été précédent. Elle était venue passer quelques jours chez ses grands-parents. C'est elle qui m'avait proposé de venir à Paris, en me disant que je n'allais pas m'enterrer dans ce « trou ». Elle était vendeuse à l'Inno du Cours de Vincennes, derrière la place de la Nation, et habitait un petit appartement sous les combles, au septième étage d'un immeuble du faubourg Saint-Antoine.

Au début, j'ai fait les petites annonces, mais rien ne semblait m'intéresser. C'est le hasard qui m'a servi. En bas de chez nous, il y avait un courtier en assurances. Dans sa vitrine, il avait collé une offre qui disait : « Recherchons démarcheur. » J'ai remonté les escaliers quatre à quatre, j'ai revêtu le seul costume que j'avais, et je me suis présenté. Au premier abord, le courtier, un homme bien sur lui d'une quarantaine d'années, sembla réticent. Mais devant ma détermination à obtenir le poste et ma présentation parfaite, il me proposa en toute franchise :

— Pourquoi pas ? Vous ne risquez rien et moi non plus, puisque vous ne serez rémunéré qu'à la commission !

Après trois jours de formation intensive, il me lâcha sur le terrain en me donnant un secteur qui allait de la place de la République jusqu'à la place Voltaire. Je ne proposais alors qu'un produit : une assurance-vie à un tarif défiant soi-disant toute concurrence. Ce devait être vrai puisque dès la fin de la première semaine, je lui avais ramené douze contrats. Impressionné d'une telle efficacité, il me forma rapidement aux autres produits du cabinet.

Six mois plus tard, je gagnais royalement ma vie. On commençait à faire des projets, avec Sandrine. Déjà, changer de logement, se donner un peu d'espace. C'est aussi à cette époque que j'ai commencé à prendre de mauvaises habitudes. L'avantage, dans ce boulot, c'est qu'il me laissait pas mal de temps libre. Enfin, c'est ce que je croyais, à l'époque. Les clients, on en trouvait le matin, en prospectant au porte-à-porte, mais il y avait rarement le couple. Alors, je prenais rendez-vous pour le soir, après six heures. Au début, j'occupais mes après-midi en essayant de démarcher des personnes âgées, souvent seules. Là, le rendement était beaucoup moins important.

Voyant que mon portefeuille clients prenait de belles proportions, je commençai à me laisser aller. D'abord, je prenais le temps de rester en terrasse devant un demi en regardant passer les filles sur le boulevard. Ensuite, je m'intéressais aux parties de cartes au fond d'un petit bistrot que j'avais dégoté rue de Charonne. Ils jouaient au tarot. Un jour, j'ai complété une table. Puis je suis devenu un habitué, voire un inconditionnel. J'y passais tous mes après-midi.

On intéressait bien sûr les parties. Pas grand-chose, un centime du point, pour éviter que ça joue n'importe comment. Ce que je compris assez vite, c'est que mes compagnons de jeu n'étaient pas que des enfants de chœur. Si moi, dès dix-huit heures, je retournais bosser, eux vaquaient à des occupations beaucoup moins licites. Au bout de quelques mois, ils arrivaient même à parler de leurs activités devant moi, par sous-entendus.

Ma première erreur fut un soir d'accepter une invitation chez l'un d'eux, pour jouer à un tout autre jeu. Un petit poker du vendredi soir. Les parties étaient un peu plus intéressées. Les pots étaient limités à cent francs. La première fois, j'ai gagné, bien sûr. Les fois suivantes, chaque vendredi, je m'en sortais globalement bien. J'étais ferré. Dans les diverses discussions que nous pouvions avoir, j'appris qu'ils jouaient tous d'autres soirs dans des endroits qu'ils qualifiaient de secrets. Des clandés, quoi. Mais je faisais la sourde oreille. Les soirées du vendredi me suffisaient.

Le grain de sable qui a enrayé la machine vint bizarrement de Sandrine. Un soir, elle m'annonça avec un grand sourire qu'elle était enceinte, qu'il allait falloir qu'on se marie. J'étais ravi, bien sûr. Mais une anxiété nouvelle s'empara de moi. Allait-on y arriver ? On déménagea dans un appartement plus grand, rue de Montreuil. Plus cher, aussi. Sandrine devrait s'arrêter de travailler quelque temps. Il faudrait assumer, financièrement. Bêtement, je ne voyais qu'un moyen de faire face : accompagner mes « amis » à l'une de ces soirées secrètes. Là, encore une fois, j'ai gagné dès le premier soir. Un joli petit paquet, deux mille balles ! C'était parfait pour couvrir les frais du mariage. D'autant plus que ma famille n'y assisterait pas. J'avais complètement coupé les ponts. On fit une belle noce, en petit comité : les parents de Sandrine, sa sœur, quelques cousins éloignés, et enfin mon patron, son épouse et ses deux enfants.

Si je m'en étais tenu là, je serais certainement aujourd'hui un de ces cadres d'assurance au compte en banque bien rempli. Mais voilà. Jusque-là, je ne me rendais pas compte du danger. Bon an mal an, j'arrivais encore à sortir gagnant de ces parties, les trois premiers mois. Puis la chance a tourné. Enfin, c'est ce que j'ai cru, à ce moment-là. Aujourd'hui, je sais que je me suis fait plumer comme un vulgaire poulet.

Dans un premier temps, j'ai minimisé mes pertes en me disant que la chance allait revenir. Et puis mon patron m'avait confié de nouvelles responsabilités en me faisant démarcher les entreprises de l'est de Paris, Pantin et Aubervilliers, où de nouvelles sociétés poussaient comme des champignons. Pour ce faire, il avait doté l'agence d'un véhicule de fonction, une belle Simca 1300, presque dévolu à mon usage exclusif. Chaque jour, j'arrivais à dégoter au moins un contrat. Je n'allais plus au petit bistrot, l'après-midi. Par contre, les soirées poker, j'en faisais au moins trois par semaine. Et la chance ne revenait pas. Dans le même temps, le ventre de Sandrine s'arrondissait de plus en plus, et elle était fréquemment malade. Aussi, elle se méprit sur mes sorties nocturnes, ne croyant pas que je puisse rester jusqu'à quatre heures du matin avec des clients.

Le premier vrai clash eut lieu un vendredi soir. J'avais tout perdu, et même plus. Un de mes amis bien intentionné amena la conversation sur mes activités professionnelles :

— Tu bosses bien dans les assurances, Jo ?

Ces amis-là m'appelaient tous Jo. Pour l'état civil, je m'appelais Joël, dans cette vie-là.

— Oui, pourquoi ?

— Tu pourrais peut-être nous aider… Et tu récupérerais le blé que tu as perdu ce soir.

— Comment ça ?

— Quand tu assures des gens, ils te disent bien le montant de leurs valeurs mobilières à assurer ?

— Bien sûr. Et alors ?

— Eh bien, tu nous indiques quelques adresses. Nous, on s'occupe du reste et tu rentres dans tes fonds avec ta part.

— Comment ça, vous vous occupez du reste ?

— Mais t'es con ou quoi ? On monte un fric-frac. On recase le tout, et tu touches ta part. Tu n'as rien d'autre à faire que nous signaler les bonnes adresses, et les jours d'absence des proprios !

J'étais piégé. J'ai accepté. Les trois premières fois, ça s'est bien passé. J'ai même récupéré pas mal de fric. Mais il fallait ralentir la cadence. Trois clients de l'agence cambriolés en trois semaines allaient éveiller les soupçons. J'en fis part à mes « amis ». Mais les parties de poker suivantes eurent raison de ma volonté d'arrêter. Cette fois, je leur avais indiqué une entreprise où je savais que beaucoup d'argent liquide dormait dans un coffre. Le samedi, il n'y avait qu'un garde qui effectuait deux rondes par nuit. Nantis de tous ces renseignements, ils réussirent le coup parfait, et je me crus renfloué pour un bon moment. Je leur avais alors signifié que c'était la dernière fois. J'ai tenu parole. Je ne leur ai plus jamais indiqué d'adresse. C'est que mon patron commençait à avoir de sérieux doutes. Le matin du dernier vol, il m'avait simplement dit :

— C'est quand même bizarre, ça tombe toujours sur nous… Va savoir s'il n'y a pas de fuites dans nos dossiers.

Je ne sus pas comment je devais le prendre. Il n'avait pas fait allusion à moi, mais j'ai pensé qu'il fallait arrêter. Bon, le coup de l'usine, ce n'était pas un de mes clients, mais le sien en propre. J'avais simplement consulté ses dossiers un soir que j'étais seul à l'agence, après qu'il m'en eut parlé, tout fier d'avoir décroché cette grosse affaire.

Si j'avais rompu l'association avec mes « amis », j'avais aussi décidé de ne plus aller jouer dans les clandés. C'est peu avant Noël soixante-six que les choses se sont gâtées. J'ai rencontré par hasard un de mes anciens acolytes, alors que je prenais un café au Canon de la Nation. Après avoir pris de mes nouvelles, il me proposa une petite soirée entre amis, chez lui, dans le quatorzième. À minuit, j'aurais pu partir, j'étais à peu près à « jeu ». À deux heures du matin, je perdais plus de dix mille francs, et je commençais à perdre aussi mon sang-froid. La bonne main arriva à trois heures et demie. Un full aux rois par les dix. C'était inespéré. Seul un de mes amis suivit. Et il ne voulait pas lâcher. Je n'avais plus rien pour surenchérir. De rage, j'ai jeté les clés de la Simca sur la table, pour voir. Quand j'ai vu s'aligner les quatre sept sur la table, j'ai blêmi. Dans quel pétrin m'étais-je encore fourré ? Fataliste, mon adversaire ne sut que dire :

— Il ne te reste plus qu'à nous indiquer un très gros coup, sinon…

— Sinon quoi ? Je vous ai dit que ce n'est plus possible. Mon patron a des doutes. Et puis les flics vont bien finir par faire le recoupement !

— C'est toi qui vois… Mais alors, il va falloir que tu payes dans les trois jours. Quatre briques, ça ne se trouve pas sous le sabot d'un cheval !

— Je me démerderai… Et la bagnole ? C'est que c'est celle de l'agence.

— T'inquiète. Dès demain matin, elle ne sera plus à personne ! T'auras qu'à dire qu'on te l'a volée. C'est fréquent, dans Paris, la nuit.

Là, j'étais vraiment dans la merde. Avant de partir, le maître des lieux me lança un billet de dix sacs sur la table :

— Tiens, pour ton taxi. Et n'oublie pas, hein ? Dans trois jours !

C'est là que je me suis retrouvé sur le trottoir, sans plus savoir que faire. C'est aussi cette nuit-là que j'ai pris ma décision, sur le pont de Tolbiac. Disparaître, d'une manière ou d'une autre.

5

La première idée qui me traversa l'esprit fut de me foutre à la flotte. Mais je n'en ai pas eu le courage. Ou l'inconscience. Quand j'ai fait demi-tour, je n'avais encore aucune idée de la tournure qu'allaient prendre les évènements. Je commençais à partir en errance, sans le savoir. J'avais beau chercher, je ne voyais aucune solution viable. La seule chose dont j'étais sûr, c'est que jamais je ne toucherais ce billet de cent balles. Il était devenu un symbole, comme une sorte d'assurance. C'est lui qui se trouve au fond de mon sac bleu…

***

En parlant de mon sac, il était maintenant deux heures du matin, et rien n'avait bougé depuis que j'avais discuté avec la voisine. Je me posais la question de savoir si j'allais encore patienter, assis sur mon caillou, quand une voiture s'arrêta juste devant le 8. En descendit une jeune femme qui dit quelques mots avant de claquer la portière. Je laissai partir l'auto, puis me précipitai en face. Elle farfouillait au fond de son sac, à la recherche de ses clés. Quand je lui mis la main sur l'épaule, elle sursauta et me regarda avec effroi. J'essayai de me faire rassurant :

— Ne craignez rien, madame. J'ai juste une question à vous poser. Vous êtes bien madame Clayeux ?

Elle adopta une attitude plus agressive, en sortant enfin des clés du fond de son sac :

— Qu'est-ce que ça peut vous faire ?

Alors qu'elle faisait un geste pour introduire la clé dans la serrure, je la saisis au poignet, fermement. Elle blanchit, mais ne proféra pas un mot. Sur cet avantage, je poursuivis :

— Ce que ça peut me faire ? Rien, si ce n'est que je cherche votre mari… Allez, ouvrez, on sera plus tranquilles dedans.

— Mais…

— Il n'y a pas de mais ! Voulez-vous que j'appelle la police ?

Le mot police sembla plus la rassurer que l'effrayer. Elle déverrouilla enfin la porte, et tenta d'entrer sans me laisser le passage. Par précaution, j'avais glissé mon pied le long du chambranle. Le coup d'épaule que je mis dans le battant la heurta brutalement. Elle allait crier quand je lui mis la main sur la bouche :

— Calmez-vous ! Je ne vous veux aucun mal… Je peux vous lâcher ?

Elle hocha la tête. Je la libérai. Elle restait plantée là, dans le petit hall de l'immeuble. J'appuyai sur la minuterie. Elle me dévisagea enfin, et dut juger que je n'avais pas l'air dangereux :

— Vous lui voulez quoi, à mon mari ?

— Qu'il me rende ce qu'il m'a emprunté…

Elle me toisa, comme si elle était surprise qu'un homme comme moi possédât quelque chose :

— Que vous a-t-il donc emprunté ? De l'argent ?

— Non… Ce qu'il m'a dérobé, c'est mon affaire. Je vous demande juste où je peux le trouver.

Elle baissa la tête, par dépit :

— J'en sais rien. Il y a trois jours que je ne l'ai pas vu !

— Et ça ne vous inquiète pas plus que ça ?

— Oh, je commencerai à m'inquiéter dans une semaine… Il est sûrement parti en bringue avec deux ou trois baltringues… Ou encore dans le lit d'une de ses poufs !

— Oulà ! Ce n'est pas le grand amour, dirait-on ? Mais ça n'arrange pas mes bidons.

— Que voulez-vous que je vous dise ? Que je me suis plantée en me mariant avec un branleur ? Eh bien oui, j'ai fait une connerie ! Et s'il revient, cette fois, ce sera pour faire ses valises. Parce que depuis qu'il s'est fait virer le mois dernier, je ne le vois plus, si ce n'est pour qu'on s'engueule, alors…

— Parce qu'il ne travaille plus au buffet de la gare ?

— Non. Il tapait allègrement dans la caisse. Le patron l'a piégé et l'a foutu dehors sans autre forme de procès. Bienheureux qu'il ne porte pas plainte ! Depuis, je ne le vois presque plus. Il ne cherche même pas de boulot. De toute façon, il est grillé sur la place de Clermont !

En faisant une synthèse de ce qu'elle me racontait, je me rendais compte que j'avais eu affaire à un drôle d'oiseau. J'insistai quand même :

— Vous êtes sûre que vous n'avez pas une idée de l'endroit où je pourrais le trouver ?

— Puisque je vous dis…

— Mais il va bien repasser ici, à un moment ou à un autre ! Il n'a pas emporté d'affaires ?

— Non. Même pas sa brosse à dents… Bien sûr qu'il va revenir ! Il revient toujours. Surtout quand il n'a plus rien dans les poches.

C'était bien ce qui me tracassait. Avec mon sac, il pouvait se passer beaucoup de temps avant qu'il n'ait plus rien dans les poches. Je gardai ça pour moi. J'hésitais encore sur la conduite à tenir. Partir ?.. Rester et attendre ? Il fallait que je me décide vite :

— Bon, je vais vous laisser. Mais je repasserai vous voir tous les soirs. Et si jamais il se pointe entre-temps, je vais vous donner un numéro où vous pourrez laisser un message. Vous avez le téléphone, au moins ?

— Bien sûr !

— Alors notez... Vous n'aurez qu'à dire simplement à qui répondra : « Pascal est revenu. »

Elle parut soulagée de ma décision. C'était à pile ou face, maintenant. Je la laissai entrer chez elle et sortis. Par précaution, je me postai un peu plus loin, à l'angle de l'avenue de Royat, pour vérifier qu'elle ne ressorte pas. Une fois que je ne vis plus de lumière par l'interstice des volets, j'attendis encore une vingtaine de minutes avant de m'en aller. Apparemment, elle s'était bien couchée.

Je rejoignis la rue Saint-Alyre en coupant par la place de la Liberté. Plutôt que de rejoindre directement ma cave, malgré l'heure tardive, je montai frapper à la porte de Dimitri. J'avais vu de la lumière depuis la rue. Il me cria d'entrer. C'est que depuis quelque temps, il peinait à marcher. Je le trouvai assis dans son fauteuil, un livre à la main. Il me proposa d'aller chercher deux verres à la cuisine, avec la bouteille de Bourgogne. Une fois son verre rempli, il se contenta de demander :

— Alors ?

Avec le plus de précision possible, je lui narrai ma soirée. Je finis par lui dévoiler qu'il était probable qu'il reçoive un coup de fil dans les jours qui viennent. Il en convint, et m'assura que s'il pouvait faire autre chose, je n'avais qu'à demander. Que pourrais-je bien lui demander, lui qui ne se déplaçait presque plus ? Il n'allait plus en ville qu'une fois par semaine, appuyé sur sa canne. Ses courses, c'était moi qui les faisais, quand j'étais à Clermont. Le reste du temps, il se débrouillait avec la boulangère, en bas.

Il sirota un peu de vin, puis, après réflexion, me demanda :

— Il devait bien contenir quelques valeurs autres que sentimentales, ce sac. Tu ne m'en avais jamais parlé avant. J'ignorais jusqu'à son existence…

— C'est mon jardin secret, ça ! Je peux t'assurer que quoi qu'il contienne, c'est avant tout sentimental… C'est vrai que je ne t'ai pas tout dit. Ce sac, je l'ai acheté le premier jour de ma descente aux enfers. Et crois-moi bien, je regrette encore aujourd'hui tout ce que j'ai pu laisser derrière moi. C'est pour ça qu'il faut à tout prix que je le récupère !

— Je ne comprends rien à ce que tu racontes !

— Quand j'ai… disparu, Sandrine était enceinte, presque à terme. Le bébé était prévu pour la mi-janvier.

— Tu ne m'en avais jamais parlé.

— Ne crois pas que je t'aie tout raconté de ma vie, loin s'en faut. Ce n'est pas la période dont je suis le plus fier, mais je n'ai pas trouvé de meilleure solution, à l'époque.

— Allez, raconte !

— À partir du moment où j'avais décidé de disparaître, je ne pouvais plus revenir en arrière. C'était aussi bien pour tout le monde. Sauf pour moi. Mais je ne me sentais pas de l'élever, cet enfant. Il fallait que je quitte Paris, de toute façon. J'avais peur que mon envie irrépressible de jouer vienne gâcher la vie des deux personnes que j'aurais sans doute aimées par-dessus tout. Je ne savais pas, à ce moment là, que j'étais définitivement guéri du jeu. Parce que jamais depuis ce jour je n'ai retouché une carte. Je n'ai même jamais misé sur un cheval de ma vie ! Mais comme tout était embrouillé, ce matin-là, j'avais encore dans l'idée de me refaire. De quelle manière ?.. Je n'en avais aucune idée, encore. Alors je suis parti, la mort dans l'âme. Pendant les premières semaines, j'ai supposé toutes sortes de choses. Bien sûr que mes « amis » iraient voir Sandrine chez moi. Ils comprendraient vite qu'elle aussi ne savait pas ce que j'étais devenu. Bien sûr encore qu'elle irait signaler ma disparition à la police. Mon patron en avait sans doute fait de même. On allait me rechercher sous ma véritable identité, au volant d'une Simca flambant neuve. Tout ça, c'était ce que j'imaginais. En tout cas, moi, je n'ai jamais été inquiété. À chaque fois que j'ai été contrôlé, j'ai sorti ma nouvelle carte, et tout s'est toujours bien passé.

— Mais tu n'as jamais vraiment su si on t'avait cherché ? Il y a certainement eu des articles dans les journaux ? On en a sûrement parlé à la radio…

— Tu parles ! Sais-tu combien de personnes disparaissent par jour, en France ?

— Non.

— Moi non plus, précisément, mais beaucoup, tu peux me croire… Les journaux, je ne faisais qu'en regarder la une, dans les kiosques. Je n'allais pas gaspiller mon pécule en les achetant. Et de radio, je n'en avais pas. Le plus dur, ce fut à partir du 10 janvier. J'ai hésité à revenir, mais j'ai tenu bon ! Je me torturais en imaginant ce petit bout qui allait venir au monde. Alors, pour apaiser ma douleur, j'ai trouvé un subterfuge…

— C'est-à-dire ?

— Je savais qu'elle devait accoucher à l'hôpital Saint-Antoine, puisque c'est là qu'on allait aux consultations. Dès le 10 du mois, j'ai appelé en demandant sa chambre. On me répondit qu'il n'y avait personne à ce nom-là. J'ai recommencé le 11. Toujours rien. Ce n'est que le 12 qu'on me proposa de me la passer… Me la passer ? Surtout pas ! Il fallait que je trouve une ruse. La première chose qui me traversa l'esprit fut de dire qu'il me suffisait d'avoir le numéro de la chambre parce que, en qualité de fleuriste, on m'avait demandé de livrer un bouquet à la maman. J'en profitai pour demander le prénom du bébé afin de rédiger une carte. La dame à l'autre bout de la ligne, conciliante, me répondit que l'enfant était une petite fille, qu'elle se prénommait Laure, et qu'elle se portait bien. Je raccrochai… Laure, c'était le prénom qu'on avait choisi pour une fille. Pour un garçon, on avait évidemment choisi Laurent. À partir de ce jour, j'ai essayé de ne pas perdre leur trace. De loin en loin, bien sûr.

— Comment t'y es-tu pris ?

— Oh, rien que de très banal. Chaque année, à la sortie du nouveau bottin, j'allais le consulter à la poste la plus proche pour voir si Sandrine y était toujours. Elle est restée longtemps dans notre appartement. Il n'y a que depuis cinq ans qu'elle a bougé. Pas beaucoup, d'ailleurs. Deux rues plus loin. Chaque année, je n'ai qu'une peur, c'est qu'elle se remarie, qu'elle change de nom. Mais jusqu'à aujourd'hui, ce n'est pas arrivé… Encore deux ans à tenir.

— Pourquoi deux ans ?

— Je te dirai plus tard. Il faut bien que je préserve un peu mon jardin secret, et je t'en ai déjà dit beaucoup. De toute façon, sans le sac…

— Mais qu'y a-t-il donc dans ce sac, pour que tu y attaches autant d'importance ?

— Outre quelques trucs symboliques, tels que mon vieux billet de cent balles ou encore le vieux costard roulé en boule que je portais le jour de ma fuite, il y a de l'argent… Beaucoup d'argent !

— Mais…

— Non, ne dis rien, je vais t'expliquer. Sache que je n'ai jamais volé personne, ni fait de mauvais coup, parce que je la voyais venir, ta question. Tu sais, en seize ans de cloche, j'ai eu le temps d'en mettre à gauche. Surtout depuis que tu m'héberges. Sept ans, déjà ! Je t'ai dit que quand j'étais parti, je n'avais qu'une idée fixe : me refaire. Le premier jour, à la gare de l'Est, je me suis dit que ce serait facile si les gens continuaient à me donner des pièces aussi facilement. Après, j'ai persisté dans mon idée. Voilà.

— Oui. Enfin, tu n'as pas dû amasser une fortune, non plus. Il a bien fallu que tu vives.

— Comme tu as pu t'en rendre compte, je me contente de peu. La chance que j'ai eue, c'est d'être toujours en bonne santé, et résistant… Et détrompe-toi, à partir de la deuxième année, j'ai étudié mes lieux de résidence. Il y a eu des années où je me suis bien rempli les poches… Hiver soixante-huit, par exemple. Je l'ai passé à Grenoble, devant la gare. C'était l'année des Jeux Olympiques, et les trains ne désemplissaient pas. En plus, j'avais trouvé un super endroit pour dormir. Une cave attenante à un fournil de boulanger. Il y faisait une douce chaleur. Les journées, mon couvercle de boîte à camembert n'y suffisait pas. J'ai eu des jours à plus de cinq cents francs cet hiver-là ! Tu imagines ce que ça représentait, cinquante sacs en soixante-huit ? Presque une paye !

Dimitri semblait dubitatif. J'avais l'impression que quelque chose lui échappait. Il nous resservit un verre avant de demander :

— Ce que je ne comprends pas, c'est pourquoi tu es depuis si longtemps dans la rue. Tu aurais pu refaire ta vie, reprendre un boulot normal… Je ne sais pas, moi !

— Crois-tu que je n'y ai jamais pensé ? Mais déjà, pour reprendre un travail normal, comme tu dis, il faut être déclaré, avoir un numéro de sécu, tout ça… Ce n'est pas avec ma pauvre fausse carte d'identité que j'aurais pu le faire. Je te signale que le mec à qui j'ai volé l'identité gît je ne sais où. Et puis, un boulot, j'en ai un, l'été, à Sagonne. Bon, il n'est pas déclaré, bien sûr. Comme beaucoup de saisonniers, d'ailleurs. Quant à refaire ma vie, on verra après. Je me suis fixé un but, c'est ce qui me tient en vie…

6

Dimitri ne paraissait pas convaincu. L'œil dans le vague, il caressait machinalement Figaro, son chat favori, qui était venu se pelotonner sur ses genoux. Au bout d'un moment, il dit quand même :

— Ne me dis pas que tu as vécu comme un moine pendant toutes ces années ?

— J'ai pas dit ça ! J'ai vécu, bien sûr. Pas comme tout le monde, ce serait exagéré de dire ça. Mais j'ai vécu. Bon, il serait temps que j'aille me coucher, là. Je veux me lever tôt, tout à l'heure. Si je veux mettre mon plan à exécution… Je te raconterai la suite plus tard. Tu y as droit, après tout !

— Tu as un réveil ?

— Non.

Le vieux se leva et ressortit du fond d'un placard un vieux réveil mécanique qui, quand il le remonta, émit un tic-tac des plus bruyants. Je souris :

— Avec ça, je suis sûr de me réveiller… si j'arrive à m'endormir !

Dimitri rit aussi, puis me souhaita une bonne nuit. Alors que j'atteignais la porte, il posa enfin la question qui lui brûlait les lèvres :

— Combien y a-t-il vraiment, dans ton sac ?

— Presque huit briques.

— Ah, quand même ! Ça doit commencer à peser…

— Qu'est-ce que tu imagines ? Tout en billets, bien sûr. Dès que j'ai un compte rond en pièces, la boulangère en bas me le change, ravie d'avoir de la monnaie.

— Et là, tu n'as plus rien…

— Quelques pièces au fond de ma poche. Assez pour demain. Et la journée sera peut-être bonne.

Malgré le boucan infernal du réveil et mon état d'agacement du moment, je ne peinai pas à trouver le sommeil. Aussi, je fis un bond quand l'engin émit une sonnerie stridente à mes oreilles. Efficace. Je m'habillai à la hâte et me précipitai dehors. Un quart d'heure plus tard, j'avais repris ma place au coin de l'avenue Joseph-Claussat. Je poussai un ouf de soulagement quand je vis filtrer de la lumière à travers les volets des Clayeux. Elle n'était pas encore partie. Il n'était pas encore sept heures et demie. Elle ne devait pas embaucher avant neuf heures. Peut-être dix, même, dans la coiffure. Je n'étais pas pressé, j'attendrais. Lui n'était toujours pas revenu. Pas de voiture jaune garée aux alentours.

Elle apparut une heure après. Je lui emboîtai le pas, qu'elle avait rapide. Elle tourna rue Blatin, descendit jusqu'à Jaude, prit l'avenue des États-Unis, et enfin s'engouffra dans « La Lune », une brasserie en forme de croissant, place Gaillard. Je pris place en face, à l'Univers, et commandai un café. De là, je pouvais la voir discuter avec deux autres jeunes femmes. Sûrement des collègues. Elles ressortirent toutes les trois et prirent la rue du 11-Novembre. J'avais anticipé en laissant la monnaie pour mon café. De loin, je les suivis. Elles tournèrent dans la rue des Gras, et entrèrent dans un grand salon de coiffure. Voilà, je savais où elle travaillait. J'allais changer de place. Je pris mes nouveaux quartiers à l'angle de la rue et de la place Saint-Pierre. De là, je pourrais surveiller ses allées et venues.

Je n'étais pas installé depuis plus d'une heure que déjà ma boîte s'était emplie de pièces jaunes. Quelques-uns des passants me firent même la réflexion qu'il était bon de changer de place, quelquefois. J'allais me lever pour aller m'acheter un croissant quand je vis arriver mon copain Jean-Pierre, de la Municipale. Lui aussi parut étonné de me trouver là :

— Salut, Léon. Besoin de changer d'air ?

Je lui souris :

— Pas vraiment. Je suis bien, devant chez Gibert… Là, c'est purement stratégique.

— Stratégique ? Qu'est-ce que tu racontes ?

— Tu te souviens quand je t'ai parlé de la bagnole jaune, hier ?

— Ouais. La Lancia du grand Pascal. Et alors ?

— Eh bien ce mec-là m'a, disons, emprunté quelque chose. Et j'aimerais bien qu'il me le rende.

— Bon, tu me dis tout ou tu me dis rien, parce que là, je nage…

— Le grand Pascal, comme tu l'appelles, m'a volé un sac. Chez moi, en pleine journée !

— Chez toi ? Tu loges toujours chez le vieux Dimitri ?

— Oui. Et comme tu dois le savoir, on y entre comme dans un moulin. La porte du bas n'est jamais fermée, la journée. Avec tous les allers-retours du vieux pochetron du premier… Et comme il n'était jamais rien arrivé, personne ne s'en souciait. L'autre a dû le guetter.

— Il faut que tu portes plainte, Léon ! Il y avait quoi, dans ton sac ?

— Oh, des souvenirs… Du fric, aussi. Mes réserves en cas de coup dur, si tu veux. Porter plainte, j'aimerais mieux pas. C'est pour ça que je suis là.

— Ah bon ?

— Ouais. Hier soir, j'ai veillé devant chez Clayeux, jusque tard le soir… Tu savais qu'il était marié, toi ?

— Marié, non… Je l'ai souvent vu avec des filles, alors…

— Alors lui, je ne l'ai pas vu, mais j'ai parlé avec sa femme. Elle m'a dit ne pas l'avoir vu depuis trois jours… Ce qui me fait tiquer, c'est que ça n'a pas l'air de l'inquiéter plus que ça. Apparemment, ce n'est pas la première fois. Elle est coiffeuse dans le salon, un peu plus haut. C'est pour ça que je suis là. Je veille !

— Tu veilles ? Je ne suis pas sûr que tu ferais un bon enquêteur. Si c'est lui que tu cherches, pourquoi la surveiller, elle ?

— Je ne sais pas. Une impression. Elle ne me paraît pas nette, cette gonzesse !

L'agent leva les bras au ciel :

— Une impression ! Voilà qu'il se prend pour Maigret, lui… Fais pas de conneries, Léon ! Si je peux faire quelque chose pour toi…

— Peut-être. Avec ton copain de Pélissier, tu ne pourrais pas essayer de la localiser, la voiture jaune ?

— Tant que tu ne portes pas plainte, il n'y a aucune raison qu'on la cherche, cette bagnole… Enfin, je vais voir ce que je peux faire. Je repasserai dans l'après-midi. Tu restes par là ?

— Oui. Jusqu'à ce qu'elle sorte.

Mine de rien, elle avait l'air de l'intriguer, mon affaire. Sans doute pour se sortir de la routine qui consistait à passer ses journées à coller des prunes. Je pus enfin aller chercher mon croissant. Et reprendre mon poste de garde. J'aurais quand même bien aimé savoir à quoi il ressemblait, ce Clayeux, des fois qu'il passe voir sa femme. Sans doute l'avais-je déjà croisé, en ville, mais je n'avais eu aucune raison d'y faire attention.

Un peu avant midi, je levai le camp. J'allai me poster au coin de la petite rue du musée du Ranquet, et je restai debout. Vers midi et demie, elle sortit accompagnée d'une de ses collègues du matin. Si elle me vit en passant, elle ne fit aucun signe, ni de surprise, ni d'agacement. Je les suivis des yeux quelques secondes puis marchai derrière elles, assez loin. Elles obliquèrent dans la rue du Cheval-Blanc, jusqu'au restaurant du même nom. De restaurant, le Cheval Blanc n'en avait que le nom. C'était une espèce de cafétéria où tous les employés du secteur venaient déjeuner. Des fonctionnaires de la préfecture aux vendeurs de toutes les boutiques du quartier en passant par les secrétaires de bureau, tous se retrouvaient dans cette cantine connue de tous les Clermontois. Je n'avais pas trop faim, et je n'allais pas dépenser le peu qui me restait. Par contre, un petit café me ferait le plus grand bien. Je ne changeai pas mes habitudes et descendis à la brasserie de Strasbourg pour avaler mon petit noir du midi. Elle m'avait vu, c'était là l'essentiel. Elle me reverrait encore, puisque dès que j'eus ingurgité mon café, je revins prendre racine au coin de la place. Quand elles repassèrent, un peu avant une heure et demie, Sylvie Clayeux me jeta un regard interrogateur que je traduisis par : « Qu'est-ce qu'il fout encore là, celui-là ? » Je lui décochai un sourire narquois, pour qu'elle comprenne que je ne la lâcherais pas.

L'après-midi passa mollement. Ma boîte à camembert se remplit moins que le matin. En semaine, il y avait moins de passage. Par moments, une douce torpeur m'envahissait, et je me relevais quelques secondes afin de ne pas m'endormir tout à fait. C'est que la nuit avait été courte. Vers cinq heures, je vis réapparaître Jean-Pierre. Il avait l'air content de lui. Il s'arrêta devant moi, son collègue sur les talons :

— Bon, j'ai ton renseignement. Mais ça n'a pas été facile.

— Ben, merci… Alors ?

— Alors, t'as du bol, quand même ! Quand mon pote de Pélissier a interrogé le service des cartes grises, il s'est rendu compte qu'il n'était pas en règle, le Clayeux. La bagnole est immatriculée 747 QV 63. Elle a été vendue au grand Pascal il y a un peu plus d'un an par un certain Roger Loubet, de Romagnat. S'il a bien retourné son acte de vente à la préf', Clayeux n'a jamais fait ses papiers. Et les collègues l'ont déjà gaulé deux fois pour ça. Mais il ne paie pas ses prunes, en plus. Mon copain a donc pris ce prétexte pour lancer une recherche sur tout le département. Le résultat n'a pas tardé. La bagnole est garée depuis hier matin au moins en plein centre du Mont-Dore. Devant l'hôtel du Parc.

Je me fis la remarque tout haut :

— Elle avait sans doute raison, sa femme. Il doit se la couler douce avec une fille.

Jean-Pierre releva :

— En tous cas, pas dans les hôtels avoisinants. Nos confrères les gendarmes ont interrogé les établissements alentour : personne ne sait à qui appartient la caisse. Personne ne l'a vue arriver, non plus !

— Bizarre, ça…

— Ouais, mais pour l'instant, on ne peut rien faire, elle est bien garée. Au bout de sept jours de stationnement, elle reviendra ici, à la fourrière.

— Qu'est-ce que je peux faire, alors ? Monter au Mont-Dore ? Chercher tout seul ?

— Tu es toujours sûr de ne pas vouloir porter plainte ?

— Oui ! Plus tard, peut-être…

— Bon, les gendarmes ont dit à mon pote qu'ils garderaient l'œil sur la bagnole, mais ça veut juste dire qu'ils passeront une ou deux fois par jour. Par contre, moi je lui ai dit, à mon copain, que l'autre t'avait fauché un sac. Il aimerait bien te voir !

— Putain, de quoi je me mêle ?

— Eh, c'est pour toi, hein ?

— Oui, excuse-moi. S'il veut me voir, le flic, t'as qu'à lui dire de venir me voir ici, demain matin.

Dès que les deux colleurs de prunes eurent tourné les talons, je me mis à cogiter. Que pourrais-je bien lui raconter, à son copain de flic, demain ? Il allait falloir que j'en parle à Dimitri, il serait sûrement de bon conseil. En attendant, j'espérais bien avoir une nouvelle discussion avec la petite Clayeux.

Au moment même de cette réflexion, je la vis qui sortait de son salon, seule. Je me relevai, ramassai ma boîte, et la laissai passer devant moi. La tête haute, sans un regard, elle traça son chemin. Dès qu'elle fut à une trentaine de mètres, je me mis en marche, derrière. Elle filait avec détermination, sans prêter attention aux vitrines. Elle s'engagea dans la rue Blatin, et entra dans une boulangerie. Elle en ressortit moins d'une minute plus tard avec une baguette de pain sous le bras. Je repris ma filature, en me rapprochant, cette fois. Elle traversa la rue et pénétra dans le bureau de tabac. Elle en ressortit presque instantanément. Elle faillit me heurter, tant je fus surpris. Maintenant, elle avait l'air énervée :

— Vous allez me lâcher, oui ? Ce n'est pas en me suivant que vous allez retrouver Pascal. Vous auriez mieux fait de surveiller la maison, au cas où…

Je lui adressai un petit sourire en coin :

— J'aurais pu, oui… Mais j'en aurais sans doute appris beaucoup moins. De toute façon, il ne risquait pas de passer, votre mari. Le Mont-Dore-Clermont à pied, c'est un peu long.

Elle avait repris son chemin, avec moi pendu à ses basques. Elle s'arrêta net, surprise :

— Le Mont-Dore ?

Content de mon avantage, je poursuivis :

— Oui… Sa voiture est garée au moins depuis hier matin devant l'hôtel du Parc, là-haut.

Elle reprit sa route en commentant :

— Il en aura encore trouvé une ! Ils doivent se prélasser un fond d'un lit, dans cet hôtel…

— Ah non ! Il n'est ni dans celui-là, ni dans aucun autre environnant.

Elle s'arrêta encore une fois :

— Comment savez-vous ça, vous ?

Si elle croyait que j'allais dévoiler toutes mes batteries, elle se mettait le doigt dans l'œil. Je me contentai de répondre brièvement :

— J'ai mes sources !

Nous avions quitté la rue Blatin pour le boulevard Berthelot. Arrivés devant sa porte, elle sortit les clés de son sac :

— Bon, au revoir… Désolée de ne pouvoir vous aider plus. Mais vous avez l'air de très bien vous débrouiller tout seul.

À contrecœur, je la laissai entrer chez elle. Il y avait quelque chose qui clochait, avec elle. Je le sentais. Je décidai de rester là, au moins une heure, pour voir. Je m'étais planqué au coin de l'avenue de Bordeaux. Je n'eus pas à attendre longtemps.

Vingt minutes plus tard, elle ressortit avec son sac sous le bras. Je décidai de la suivre, discrètement cette fois. D'une allure déterminée, encore une fois, elle remonta le boulevard Aristide-Briand, puis Jean-Jaurès, enfin Côte-Blatin. Elle tourna rue Dolet, remonta la rue Desdevises-du-Dézert. Je crus qu'elle allait à la Muraille de Chine. Non. Après quelques mètres sur le boulevard Claude-Bernard, elle s'engouffra dans l'entrée d'un de ces immeubles modernes.

J'avais laissé entre nous une bonne distance, et je ne pense pas qu'elle m'ait repéré. Sans doute le domicile de ses parents, si je me souvenais de ce que m'avait dit sa voisine. Je me postai deux entrées plus loin, abrité par un hall minuscule. J'allais attendre. Un type qui faisait pisser son chien me regarda avec méfiance. Deux autres entrèrent dans l'immeuble sans me prêter la moindre attention. Ce quartier, je ne le connaissais que très peu, pour y être passé quelques fois, quand je montais avec Dimitri le dimanche pour aller sur les hauts de Beaumont ramasser des châtaignes. Pour moi, Clermont se résumait au plein centre, à la gare, et au quartier Saint-Alyre, puisque j'y avais mon pied-à-terre. La première année de ma venue ici, j'avais essayé la manche à la gare. Dans toutes les autres grandes villes, ça avait marché. Pas à Clermont. Trop de fêtards, dans ce quartier. Trop de militaires. Trop de bistrots plus ou moins bien fréquentés. Et surtout trop de mes congénères. La concurrence étant trop rude, j'avais émigré vers la rue du Port d'abord, puis à Jaude.

Bon, j'espérais que je n'aurais pas à attendre aussi longtemps qu'hier soir. La faim commençait à me tirailler, et Dimitri devait m'attendre. Une Renault 18 de la police pénétra sur le parking, en première. Le passager me regarda attentivement au passage. Ils firent le tour et ressortirent. J'avais dû être signalé comme indésirable par un citoyen bienveillant. C'est ce qui me décida à lever le camp. Sylvie Clayeux devait encore rester dîner chez ses parents. Et le temps qu'elle se plaigne des frasques de son mari, j'aurais tout le loisir de me transformer en statue. Tranquillement, je redescendis le viaduc, coupai par le plateau central pour regagner mes pénates. Il serait toujours temps demain matin de reprendre mon harcèlement.

7

Quand je poussai la porte de son appartement, Dimitri ne fit que lever les yeux furtivement avant de se replonger dans son livre. Il devait en être à un point crucial. C'était *L'Hôtel New Hampshire*, d'Irving. Figaro était sur ses genoux, un autre chat sur l'accoudoir, et un troisième perché sur le dossier. Une image digne de Léautaud. Je quittai mon vieux blouson, le posai sur l'autre fauteuil, quand enfin il daigna fermer son livre. Il chassa doucement les trois félins avant de me demander :

— Alors, Burma, bonne chasse ?

— La comparaison est flatteuse… Oui, pas mal, je crois avoir avancé. Par contre, je pense que je peux faire une croix sur le contenu du sac !

En se dirigeant vers la cuisine pour activer le gaz sous une casserole de pâtes, il se contenta de questionner :

— Pourquoi donc ?

Je lui narrai par le menu l'intégralité de ma journée, de mes deux entrevues avec Jean-Pierre jusqu'à ma filature du soir. J'attendais ses impressions. Sa première remarque fut :

— Moi, si j'avais fauché plusieurs briques à quelqu'un, je ne me serais pas contenté du Mont-Dore… Il n'est pas bien finaud, ton voleur…

— Ouais… Je suis aussi perplexe que toi, là-dessus.

Il prit un temps, puis :

— Quant à elle, ce que je trouve bizarre, c'est qu'elle soit passée par chez elle au lieu de monter directement chez ses parents.

— Elle a peut-être voulu aller relever son courrier ? Peut-être aussi a-t-elle voulu vérifier si son mec était repassé chez eux ?

— Oui, tu as sans doute raison. Mais avoue que son comportement est étrange… Elle y passe quand même beaucoup de temps, chez ses parents.

— Ouais. Je ne sais pas. Ce qu'il serait bon de savoir, c'est si c'est habituel… Il faudrait que je rencontre la voisine, par hasard, tu vois, afin de lui demander.

— Pas bête… Dis-moi, que vas-tu lui raconter, à ton flic, demain ?

— Eh, c'est pas mon flic ! Si je pouvais m'en passer… D'un autre côté, il pourrait m'être utile. Il va sans doute m'inciter à déposer une plainte. Mais je ne peux pas !

Dimitri eut un sourire en coin :

— Toi non, mais moi, je peux très bien le faire… Écoute, voilà ce que tu vas lui dire. D'abord, tu fais valoir ton statut de sans domicile fixe, puis tu lui parles de moi. Tu lui racontes que je te prête la cave pour que tu veilles sur mes livres, par exemple. Ou ce que tu veux, je m'en fiche. Partant de là, tu peux lui dire que moi, je veux bien déposer une plainte, puisque c'est chez moi qu'a été commise l'infraction. Bon, moi non plus, je n'aime pas beaucoup faire appel à la maréchaussée, mais là, c'est un cas de force majeure !.. Elle a beaucoup de mal, la porte ? Peut-on encore constater les dégâts ?

— Euh… On voit encore, mais je l'ai plus ou moins remise en état. Tu sais, c'est que de la planche à palette, ta porte. Il a dû glisser un tournevis plat dans la patte en ferraille et tirer… Après, ça a dû céder tout seul. Moi, j'ai réparé provisoirement, en la remettant en place. Mais je voulais, quand j'aurais un moment, aller acheter une plaque en acier et la faire percer pour la mettre derrière, en contrefort…

— Oui, eh bien ça attendra ! Demain matin, avant de partir, tu vas me remettre la porte dans l'état où tu l'as trouvée l'autre soir. Pour que les flics constatent l'effraction.

Ce disant, il avait disposé deux assiettes sur la table de la cuisine. Nous nous attablâmes devant le plat de coquillettes. En nous servant un verre de rouge, il continua :

— Après, je pense qu'ils vont chercher du côté du Mont-Dore. Toi, continue avec la coiffeuse. Je ne la sens pas, celle-là !

— Tu me l'as déjà dit… Moi non plus ! Remarque, je n'ai jamais bien compris les femmes…

— Vu ton peu d'expérience en la matière !

— Détrompe-toi ! J'en ai connu quand même quelques-unes, depuis Sandrine. Il y en a même une qui m'attend toujours.

— Hein ? Tu crois qu'elle t'attend encore, ta femme ?

— Non, pas elle… Elle, elle doit me croire mort. Enfin, j'espère. Légalement, j'ai disparu depuis assez longtemps pour qu'elle soit déclarée veuve. Enfin, je crois.

— Mais alors, qui t'attend ?

— Rose m'attend. Depuis plusieurs années, déjà… Non, laisse-moi t'expliquer. Moi, je n'ai rien fait pour. Enfin, je n'ai pas fait exprès. Dès qu'elle m'a vu, la première année, elle a commencé à me tourner autour. Moi, je la considérais un peu comme une petite sœur. Quand elle venait nous aider à rentrer la paille, elle n'arrêtait pas de me faire des blagues, elle essayait toujours de se coller à moi. Moi, je prenais ça pour de la tendresse. En clair, je n'y voyais aucun mal. J'en étais même plutôt flatté. C'est lors de la troisième année que ça a dégénéré. En fin de saison.

« Il y avait un bal à Givardon, juste à côté, ce samedi soir là. Elle a insisté pour que je l'y accompagne. J'étais gêné, d'abord, devant Solange et Ferdinand. Mais le paysan a ri en disant qu'ils y allaient aussi, tous les deux. Pour la première fois, j'ai remis mon vieux costume, après que Solange lui a redonné forme d'un coup de fer à repasser.

« Au début de la soirée, les deux sœurs dansaient ensemble, pendant que Ferdinand et moi, on s'enfilait des petits blancs à la buvette. Quand les lumières se sont abaissées et que la musique est devenue plus douce, elles sont revenues vers nous et Solange a attrapé le bras de son homme pour l'entraîner vers la piste. Rose restait plantée à côté de moi, avec son verre de limonade. Elle a dû refuser d'aller danser avec au moins trois gars. À chaque fois qu'elle disait non, elle me regardait avec un pauvre petit sourire. Quand la musique a repris une cadence plus rapide, elle est retournée danser avec Solange. C'est Ferdinand qui fut la cause de tout. En plongeant son nez dans son verre de blanc, il me dit :

« — Faut la faire danser, la gamine ! Elle attendait que ça, d't'à l'heure !

« Alors, je l'ai fait danser, dès que la musique le permit. Elle était collée si près de moi que je sentais son souffle léger dans mon cou. Son cœur, pressé sur ma poitrine, battait à un rythme de coureur de sprint après l'arrivée. J'avais décidé de ne rien faire qui puisse lui donner à penser à quelque suite que ce soit. Elle avait l'air de se contenter de ce contact plus que troublant. C'est à la fin de la série de slows que je me fis piéger. D'un naturel déconcertant, elle attrapa ma main pour me ramener vers la buvette. Incapable de me dérober, j'éprouvais même une certaine fierté face aux regards des gens. Elle était tout sourire en reprenant son verre de limonade, sans me lâcher des yeux. Comme un fait exprès, Ferdinand et Solange nous annoncèrent qu'ils allaient rentrer. Ils devaient se lever tôt pour soigner les bêtes, mais ils insistèrent pour que la petite et moi nous continuions à nous amuser. Ferdinand, avec un clin d'œil, avait conclu pour finir de nous convaincre :

« — Y'en a pas pour un quart d'heure, à pied ! Ça vous f'ra prendre l'air !

« On est restés, on a redansé, comme la première fois. Vers deux heures du matin, on est sortis du parquet main dans la main. Sans un mot. La légère brise sur sa robe légère la fit se serrer contre moi, sans que je puisse la repousser. Arrivés dans la cour, elle me proposa de venir prendre un dernier café, dans la cuisine. Il y en avait toujours qui mijotait dans la vieille cafetière, sur la cuisinière. En me servant, elle dit simplement :

« — J'ai passé une des plus belles soirées de ma vie... J'aimerais bien qu'elle ne finisse jamais !

« J'allais prendre congé quand, en attrapant encore ma main, elle murmura :

« — Je peux venir avec toi ?

« Je la regardai droit dans les yeux :

« — Crois-tu que ce soit raisonnable ?

« Pas décontenancée pour deux sous, elle répliqua dans un large sourire :

« — M'en fous !

« Et elle m'attira vers la grange.

— Et tu l'as ?..

— Ça va pas, non ? On avait beau être en soixante-neuf, j'avais des principes, moi. On a discuté une bonne partie de la nuit. J'ai tenté de la mettre en garde, en lui disant que je ne pouvais rien lui promettre avant longtemps. Et je lui ai expliqué le but de ma quête, l'histoire du sac. Faisant abstraction de toute l'abjection de mon comportement passé, elle m'assimila à un chevalier des temps modernes. Et elle conclut, avant de s'endormir sur mon épaule, par un « Je t'attendrai le temps qu'il faudra ! » J'allais lui expliquer que c'était impossible, qu'elle n'aurait jamais la patience, mais elle dormait déjà, un sourire béat dessiné sur ses jolies lèvres.

Dimitri me jeta un regard étonné, semblant surpris par ce que je lui racontais :

— « Abjection », tu n'exagères pas un peu, non ? Moi, j'aurais dit manque de courage, peut-être…

— Tu n'as pas bien compris. Le manque de courage aurait été de rentrer chez moi comme si de rien n'était. Le manque de courage aurait été de mettre ma famille en danger, d'attendre que les autres viennent frapper à ma porte, s'en prennent à ma famille. Et puis il y avait aussi la Simca, mon patron, la police… Dans un premier temps, c'est vrai que j'ai cédé à la panique, mais après réflexion, je crois avoir pris la bonne décision. En disparaissant, j'ai épargné les miens. Si j'étais resté, on les aurait montrés du doigt, dans la rue. Là, j'espère qu'on les a plaints, qu'on les a aidés… Enfin, c'est ce que je me plais à imaginer.

— Hum… Oui, vu comme ça ! Alors, avec Rose, après ?

— Ah oui, Rose… Quand elle s'est réveillée, j'ai enfin pu lui expliquer qu'il ne faudrait pas qu'elle s'attache trop à moi. J'avais cru qu'une fois passée l'euphorie de la nuit, elle se rendrait à des sentiments plus raisonnables. Mais butée qu'elle était, elle se contenta de me répéter qu'elle avait le temps. Tout son temps. Elle m'attirait, bien sûr, mais je ne voulais pas qu'un jour elle me reproche d'avoir gâché sa jeunesse en la laissant attendre. Elle me répondit que c'était son affaire, en plaquant sa bouche sur la mienne, pas surprise.

« Quand on débarqua à la cuisine, les deux autres nous accueillirent avec un sourire complice, mais sans aucun commentaire. Même après, dans la journée, alors que j'étais allé avec Ferdinand au tiercé à Sancoins, aucune allusion n'était venue troubler notre conversation. Dès le soir suivant, Rose revint avec moi à la grange. Si elle m'embrassa encore autant de fois qu'elle le put, elle n'osa pas aller plus loin. Et ce n'est pas moi qui allais provoquer quoi que ce soit ! Elle vint ainsi tous les soirs, jusqu'à ce que je reparte, à la mi-septembre. Jusqu'à la fin de la saison, on resta chaste. Elle semblait se contenter de ce que je lui donnais. Quand elle me demanda où j'allais passer l'hiver, je lui répondis que je n'en savais rien, que je m'arrêterais là où le vent me porterait. J'espérais que ces sept ou huit mois de séparation allaient me faire sortir de ses pensées. Je savais que Ferdinand souhaitait secrètement que la petite me ferait rester chez lui à l'année, mais quand il me déposa sur la route de Sancoins, il n'émit aucune remarque, à part qu'il m'attendait pour la prochaine saison.

— Tu aurais pu rester : avec ton salaire de saisonnier, tu l'aurais rempli de la même façon, ton sac…

— Tu rigoles ? Cet hiver-là, je l'ai passé à Marseille, entre la gare Saint-Charles et le vieux port. Généreux, les méridionaux !.. Crois-tu que je n'y ai pas pensé, à rester à Sagonne ? J'ai longtemps hésité, mais je me suis dit que si je restais, j'oublierais peu à peu mon but final. Et c'est ça qui m'obsédait plus que tout ! Encore aujourd'hui, d'ailleurs. Quand je pense que j'ai peut-être fait tout ça pour rien !

— Ne t'inquiète pas, on va le retrouver, ton sac.

— Je ne me fais pas beaucoup d'illusions… Si jamais on le retrouve, il sera sans doute vide… Bon, il serait temps que j'aille me coucher, la journée risque d'être longue, demain.

— Et la suite de ton histoire avec la petite Rose ?

— Demain, Dimitri… On a tout le temps ! Allez, bonne nuit !

8

Avec tout ce qui m'arrivait, le sommeil fut dur à venir, et le réveil bien matinal. Tant mieux. Dès six heures, je quittai ma cave non sans avoir respecté les consignes de Dimitri en enlevant les vis de la porte pour la laisser béante. Je pris quand même soin de verrouiller la porte d'entrée en partant. Après être passé me rincer le visage à la fontaine de La Poterne, j'étais dès sept heures assis sur mon caillou, au feu du boulevard Berthelot. Pour pallier au manque de café, je grillais Gauloises sur Gauloises. Enfin, la porte du huit s'ouvrit. Ce n'était pas Sylvie Clayeux. C'était la petite voisine de l'autre soir. J'allais pour venir à sa rencontre quand je me rendis compte qu'elle se dirigeait vers moi. Elle s'arrêta délibérément devant moi. Je m'attendais à une volée de bois vert quand, au contraire, elle me salua poliment :

— Bonjour, monsieur… Vous la surveillez encore ?

Je pris mon plus beau sourire pour lui répondre :

— Bonjour, mademoiselle. Oui, que voulez-vous ! C'est la seule piste que j'ai, pour le moment.

Elle restait là, plantée devant moi :

— Depuis que vous m'avez interpellée, l'autre soir, j'ai réfléchi et j'ai un peu surveillé, moi aussi…

En disant ça, elle avait légèrement rosi. Je l'encourageai :

— Et ?

— Eh bien, j'ai quand même relevé un truc bizarre. En ce moment, elle se rend tous les soirs quelque part… chez ses parents ou ailleurs.

— Ses parents habitent à Saint Jacques ?

— Oui.

— Alors, c'est bien chez eux qu'elle se rend.

— Mais ce n'est pas tout ! Depuis deux soirs, elle passe systématiquement par la cave, avant de partir. Elle y reste moins de deux minutes, et elle repart.

— Vous l'avez espionnée ?

Là, elle rougit carrément :

— Oui… C'est un peu de votre faute ! Vous m'avez intriguée avec vos questions.

Je lui souris encore. Il fallait que j'en sache un peu plus. Autant m'en faire une alliée, de cette jeune personne :

— Vous savez ce qu'il y a dans cette cave ?

— Oh, tout le bric-à-brac qui encombre les appartements et qu'on ne veut pas jeter, comme tout le monde, sans doute… Ah si, ils y ont mis leur congélateur, les Clayeux, à la cave.

— Ouais, ça ne m'avance pas beaucoup… Dites-moi, j'aurais peut-être besoin de vos services, dans un avenir proche. Ne vous inquiétez pas, la police est au courant.

Elle se voyait déjà actrice d'un mauvais film policier :

— Si vous voulez, mais comment ?

— Donnez-moi juste votre prénom… Si je sonne chez vous, vous pourrez venir m'ouvrir ?

— Je m'appelle Catherine… Bien sûr que je vous ouvrirai, mais…

— Moi, c'est Léon. Je m'annoncerai.

— Pas possible: il n'y a pas d'interphone! Quand quelqu'un sonne, on regarde par la fenêtre et on descend lui ouvrir. Il faudrait trouver un truc!

— Facile: deux coups de sonnettes courts, puis deux plus longs, et vous saurez que c'est moi!

— Bon, d'accord. Et quand?

— Je ne sais pas... Peut-être dès ce soir.

— OK. Bon, là, il faut que j'y aille, je vais être en retard.

— Désolé. Et encore merci!

Au moment où elle partait, la porte du 8 se rouvrait, et Sylvie Clayeux en sortait. Elle me jeta un regard inquiet, alors que je décollais derrière elle. Arrivé à sa hauteur, je calquai mon pas sur le sien. Il fallait qu'elle comprenne que je ne la lâcherais plus. Elle se contenta de tourner la tête vers moi, et d'une voix sourde, presque inaudible, mais pleine d'une colère rentrée, elle dit:

— Il va falloir cesser votre manège, sinon je vais finir par appeler les flics!

Avec un petit sourire en coin, je lui répondis d'une voix doucereuse:

— Chiche! Mais je ne pense pas que vous le ferez... Si vous aviez dû les appeler, il y a longtemps que je ne serais plus dans votre sillage.

Elle continuait d'avancer d'un bon pas, la tête haute, comme pour me snober:

— Qu'est-ce qui vous fait dire ça?

La question me parut plus inquiète que curieuse. Je pris un temps avant de répondre:

— Les gens, il y a longtemps que je les observe. Je n'ai que ça à faire. Je peux me tromper, bien sûr, mais votre comportement, depuis notre première rencontre, me semble anormal. On dirait que vous me cachez quelque chose.

— Comprends pas...

— Ah ? Normalement, on a un but commun : retrouver votre mari. Si vous aviez eu une réaction normale, soit vous auriez signalé sa disparition, soit vous m'auriez aidé dans mes recherches, en me faisant venir chez vous, par exemple, pour qu'on puisse en discuter plus sérieusement. Tandis que là, on dirait que ça ne vous fait ni chaud ni froid. On dirait même que vous savez pertinemment où il est. Vous savez à quoi je pense ? Je pense que vous êtes complices, tous les deux ! Malgré toutes les précautions que vous prenez, je finirai bien par vous avoir !.. Tandis que si vous me rendez mon sac…

— Mais je ne l'ai jamais vu, votre sac ! Quant à vous faire entrer chez moi, je ne vous connais pas, moi ! Et puis j'ai pas l'habitude d'inviter des clodos !

Elle avait dit ça avec du fiel plein la voix, dans l'intention de faire mal. Raté. J'en avais entendu d'autres, en seize ans. Je devais maintenant passer la vitesse supérieure, la cueillir à froid :

— Dites, qu'y a-t-il dans votre cave pour que vous y passiez tous les soirs ?

Interloquée, elle s'arrêta de marcher, me fixa droit dans les yeux, blanche comme un linge :

— Dans ma cave ? De la viande dans le congélateur. Mes parents n'ont pas de congél', alors ils mettent leur barbaque dans le mien, et quand je vais les voir, je leur apporte ce que maman m'a demandé pour le lendemain.

Bien vu. Ça se tenait. Voilà un mystère apparemment éclairci. Comme je ne répondais rien, elle reprit sa marche en demandant :

— Comment savez-vous ça, vous, d'abord ?

— J'ai mes antennes…

— Ouais. Ce ne serait pas l'autre peste du dessus, par hasard ? Je vous ai vu tout à l'heure…

Encore une fois, je ne répondis rien. On arrivait place Gaillard. Je la laissai rejoindre les mêmes filles qu'hier en retournant prendre mon café à la brasserie de Strasbourg, où j'avais mes habitudes. Non sans lui avoir dit avec malice en faisant demi-tour :

— À tout à l' heure !

Une fois devant mon petit noir, un coup de cafard vint m'envahir. Toutes ces années avec une seule et même idée fixe, et tout s'écroule en trois jours ? Ce n'était pas possible. En y repensant, j'aurais eu l'occasion de faire d'autres choix de vie. Mais mon obstination à persister dans mon idée première m'en a toujours empêché. Pourtant, bien des gens m'ont tendu la main. Alors que mon café refroidissait, le grand Johnny, un de mes congénères, me tira de mon cafard en m'apostrophant :

— Eh ben, Léon ? T'es pas réveillé ? T'en as pris une, hier ?

Johnny était une des figures de la cloche, place de Jaude. Dès qu'il avait un coup dans le nez, il devenait agressif avec tout le monde. C'était souvent qu'il passait ses nuits au poste pour ivresse sur la voie publique. Le reste du temps, c'était un gars agréable. Pas toujours futé, mais sympa. Je levai les yeux, essayai un pauvre sourire en lui proposant de s'asseoir :

— Non, je n'en ai pas pris une, comme tu dis. Tu sais bien que je n'en prends jamais... Je n'aime pas perdre le contrôle !

Il prit place :

— Tu sais pas c'que tu perds, justement ! Mais bon... Qu'est-ce qui t'arrive ? T'as l'air tout chiffon...

— Un peu, oui. Je cherche un mec qui m'en a fait une. Mais tu dois le connaître, il parait qu'il traînait à Jaude, ces derniers temps.

— C'est qui, ton gugusse ?

— Il s'appelle Pascal. Il bossait comme serveur au buffet de la gare...

— Le grand Pascal ? Je l'connais, ouais. Il venait boire des canons avec nous, depuis qu'il y bossait plus, à la gare... Parce qu'il y bosse plus, hein ? Il s'est fait lourder ! Mais y'a quelques jours qu'on l'a plus vu. Dommage, il amenait toujours une ou deux bouteilles. Bon, qu'est-ce qu'il t'a fait, ce grand con ?

— Il m'a chouré un sac !

— Ah merde ! Où ça ?

— Chez moi… Enfin, dans la cave où je loge.

Il avait l'air bien ennuyé, le grand Johnny, tout à coup :

— Ouais… C'est peut-être un peu de notre faute, remarque.

— Comment ça ?

— Ben, un jour, on parlait de toi, comme ça, pour causer… Les autres, ils disaient que t'étais pas comme nous, que tu devais te planquer à la cloche pour échapper à quelque chose, et qu'avec tes manières, t'étais sûrement un mec plein aux as !

— Tu parles !

— Ben ouais, mais une légende, ça se bâtit vite. Y'en a un qui dit ça, et puis l'autre le répète, pas tout à fait comme le premier… Et ça prend de l'ampleur. Tu vois ? En tout cas, je me rappelle que le grand Pascal tendait drôlement l'oreille, ce jour-là. Il a même demandé, mine de rien, où que tu créchais… Moi, j'ai rien dit, ça le regardait pas, hein ? Mais le p'tit Gaby, avec sa grande gueule, il lui a dit que tu descendais tous les soirs la rue Sainte-Claire… Il a dû te suivre !

— Ouais… Il y a longtemps que tu l'as vu ?

— Pfff… Au moins une semaine ! Mais t'inquiète pas, je vais prévenir tous les copains. Si on apprend quelque chose, je viens t'y dire. Tu zones où, ces temps ?

— Rue des Gras, en haut ou en bas, je ne sais pas encore ! Tu me trouveras bien.

— Ça roule ! Allez, j'y vais, moi. Merci pour le jus. À plus, Léon !

Le hasard de cette rencontre matinale m'avait redonné un peu d'espoir. Allez, haut les cœurs !.. Rien n'était encore perdu. En clair, bouge-toi le cul, mon gars, si tu veux le récupérer, ton pactole. Sur ces pensées positives, je décollai, direction le haut de la rue des Gras, à côté du bureau de tabac. Elle pourrait toujours regarder en bas, la coupeuse de cheveux en quatre, elle ne m'y verrait pas. Aurait-elle l'idée de tourner la tête de l'autre côté ? Je n'en suis pas sûr. Jean-Pierre, lui, me trouverait bien. C'était un peu pour ça que j'avais changé de place. Je ne voulais pas l'alarmer, la coiffeuse. Il était préférable qu'elle ne me voie pas discuter avec des flics.

Il ne fallut pas longtemps pour le voir débarquer, mon copain de la Municipale. Il était escorté par un grand gars dégingandé qui faisait plus clodo que moi. Après m'avoir serré la main, il dit :

— Je te présente l'ami dont je t'ai causé hier… L'inspecteur Fabri.

L'autre sortit les mains de ses poches et précisa en m'en tendant une :

— Thierry Fabri, pour être précis… Laissez tomber l'inspecteur. Bon, si vous me racontiez ?

— Là, dans la rue, maintenant ? Autour d'un café, plutôt, non ?

Ils approuvèrent et nous prîmes place à la minuscule terrasse du bar-tabac. Je me lançai :

— Comme a dû vous l'expliquer Jean-Pierre, je me suis fait voler un sac auquel je tenais beaucoup dans mon… lieu de résidence. Le problème qui se pose, c'est que ce n'est pas chez moi, mais chez un vieil homme de mes amis qui m'héberge gracieusement. J'en ai discuté avec lui, et il est d'accord pour déposer une plainte. Il m'a même dit de vous dire que le mieux serait que nous allions le voir ensemble.

— D'après ce que Jean-Pierre m'a dit, vous savez qui vous l'a volé, ce sac.

— Justement, il faut qu'on aille voir Dimitri. C'est lui qui l'a vu se tirer avec mon sac !

— Dimitri ?

— Pardon. C'est le nom de l'homme qui me loge. Il a vu le voleur remonter dans sa voiture et repartir. Heureusement qu'il était à sa fenêtre et que la bagnole en question était un modèle plus bien courant, et d'une couleur voyante. Après, c'est Jean-Pierre qui m'a renseigné sur son propriétaire.

— Et votre ami ne s'est pas inquiété plus que ça ?

— Pourquoi voulez-vous ? Il a cru que le gars sortait de chez les étudiants du dessus. Et il ne savait pas que ce sac était à moi, Dimitri. Il ne l'avait jamais vu. Je ne le sortais jamais en présence de tiers. Il dormait tranquillement au fond de mon autre sac : un grand sac marin militaire. Heureusement encore qu'il était distinctif… On n'en voit sans doute plus beaucoup, des sacs Hungaria bleu et blanc. Déjà, la marque n'existe plus, je crois.

— Bon, et après ?

— Après ? J'ai su, par Jean-Pierre encore, où il habitait, le Clayeux. J'ai surveillé chez lui, sans relâche, mais pas de bonhomme ! Juste sa femme qui m'a avoué ne pas l'avoir vu de quelques jours.

— Et ça ne l'a pas affolée ?

— Apparemment pas. Il paraît que c'est habituel, chez lui. Une petite voisine me l'a confirmé. La suite, vous devez la connaître, puisque vous avez retrouvé la Lancia.

— Ouais. Elle n'a d'ailleurs toujours pas bougé. Donc vous, depuis, vous surveillez sa femme, si j'ai bien compris… Pourquoi ?

C'était bien un flic, lui. Mais je n'allais pas dévoiler toutes mes cartes. La Clayeux, je me la gardais pour moi :

— Il faut bien que je me raccroche à quelque chose. Je ne vais pas aller au Mont-Dore, je suis à pied. Je me suis juste dit que si l'autre cherchait à la voir, ou à revenir chez lui, je serais là.

— Hum… Rien d'autre à me dire, sur son comportement, par exemple ?

— Non. Le soir, elle rentre chez elle, puis va sans doute dîner chez ses parents, à Saint-Jacques. Elle revient se coucher, et chaque matin, elle va bosser. La seule chose bizarre, c'est qu'elle ne se fait pas plus de mouron que ça.

— Bien. On va procéder par ordre. Déjà, aller auditionner votre ami et constater les dégâts. Ensuite, il faudra qu'il vienne à Pélissier pour signer sa plainte.

— Bon… Et après ?

— Après ? On va diligenter une enquête plus sérieuse là-haut, au Mont-Dore. Lancer un appel à témoins, pour savoir si quelqu'un l'a vue arriver, cette bagnole, et quand, précisément… La routine, quoi !

Tout en me répondant, il lâcha quelques pièces sur la table pour les cafés et m'intima l'ordre de le suivre. Jean-Pierre, lui, vaqua à ses occupations prunesques.

9

Décidément, il commençait à me plaire, ce flic. Alors que nous descendions la rue Saint-Herem après avoir traversé la place du Mazet, il me tendit son paquet de Craven A avant de s'en coller une au bec. Avec un Zippo frappé du portrait du Che, il me donna du feu en me demandant, l'air de ne pas y toucher :

— Il y a beaucoup, dans votre sac ?

Que devais-je lui répondre ? La vérité, en justifiant la provenance de mes économies ? Ça risquait de prendre du temps. Biaiser par une autre question ? ou alors éluder le sujet… C'était ce que je tentai de faire :

— Quelle importance, maintenant, ce qu'il contient ? De toute façon, je n'en retrouverai jamais l'intégralité.

Il insista :

— Pour moi, c'est essentiel de savoir ce qu'il contenait.

— Pourquoi ?

— Suivez-moi bien : s'il n'y avait que cinq mille balles dedans, l'autre trompette doit être en train de les claquer allègrement dans le coin. Par contre, s'il contenait plusieurs briques, il va falloir étendre le champ des investigations… Alors ?

— Eh bien, outre quelques souvenirs qui me tiennent à cœur, il y avait plus de quatre-vingt mille francs, dans mon sac.

— Huit patates ? Mais d'où tenez-vous ?

Il s'était arrêté de marcher pour me faire face, tant sa stupéfaction était grande. Avec le plus de naturel possible, je lui expliquai :

— Quand je suis tombé dans la galère, il y a quelques années, je me suis donné une mission, disons, morale. Cet argent, amassé minutieusement au fil du temps, doit servir à mon but… C'est une idée fixe, vous comprenez ?

— Pas trop, mais peu importe. Il y a longtemps que vous êtes de la cloche ?

— Seize ans bientôt. Mais je n'attends aucune compassion de personne. C'est volontaire. Au départ, j'avais prévu de vivre comme ça pendant vingt et un ans. En soixante-quinze, j'avais réduit ma mission à dix-huit ans. Aujourd'hui, si j'arrive à récupérer ne serait-ce qu'une partie de ce que j'ai mis de côté, je crois que je vais m'arrêter là… Il faut croire que je n'avais pas tout envisagé, surtout pas ce qui m'arrive aujourd'hui.

Tout en m'écoutant, il avait recommencé à marcher. On arrivait rue Sainte-Claire :

— Mais vous avez un point de chute, pour après ?

— Mieux que ça : j'ai même plusieurs choix. Mais ça, c'est une autre histoire.

— Ouais… En tout cas, ça ne m'arrange pas, tout ce pognon dans votre sac. Je sens que votre voleur s'est envolé plus loin. Il a dû laisser sa bagnole là-haut pour brouiller les pistes, et s'envoler sous des cieux plus cléments pour claquer votre blé.

— Mais comment ?

— Il lui a suffi de s'engouffrer dans le premier train pour descendre au soleil… ou monter à Paris, ou s'envoler vers une île paradisiaque, que sais-je ? Il faut qu'on aille vite, maintenant. Je vais demander aux gendarmes d'aller faire un tour à la gare du Mont-Dore. S'il est parti par ce moyen, il a dû acheter un billet. Avec un peu de chance, le guichetier s'en souviendra. Si je compte bien, c'était un dimanche matin. Il ne devait pas y avoir foule, à la gare.

Il avait l'air doué, ce flic. Il pensait à tout. On arrivait devant mon immeuble miteux. Avant de monter chez Dimitri, je l'emmenai directement sur les lieux du forfait. S'il fut surpris de l'aménagement de mon espace de vie, il n'en laissa rien paraître. Il se contenta de dire, en examinant la porte :

— Ouais. Pas bien dure à forcer, votre porte. Un simple coup de tournevis, et voilà ! Vous êtes bien un peu inconscient, quand même. Savez-vous qu'il existe des banques pour protéger votre argent ?

Comment lui expliquer mon aversion pour tout ce qui était plus ou moins institutionnel ? En seize ans, il ne m'était rien arrivé de fâcheux, du moins dans la finalité de ma quête. Comme je pensais qu'il ne comprendrait pas, je me contentai de hausser les épaules. Il continua :

— Bon, il faudra me renforcer ça. Mettre une plaque de métal derrière, par exemple.

— J'y avais pensé.

On escalada ensuite les marches qui menaient chez Dimitri. Dès qu'il nous cria d'entrer, je laissai le passage à l'inspecteur Fabri. Il s'arrêta sur le pas de la porte de la pièce principale, stupéfait de se retrouver dans une bibliothèque sauvage. Des livres et des revues, il y en avait partout. Moi, je n'y faisais plus attention, mais pour un inconnu, l'endroit pouvait paraître incongru. Dimitri, lui, s'adonnait à son activité diurne favorite. Figaro sur les genoux, il regardait évoluer ses contemporains depuis le fauteuil disposé devant la fenêtre. Dans un silence absolu. La vieille radio, il ne l'allumait que le midi, sur France Inter pour le *Jeu des Mille Francs*. Quand, par hasard, il m'arrivait de déjeuner avec lui, j'avais compris que la raison pour laquelle il aimait cette émission n'était pas celle qu'il m'avait donnée. La voix de Lucien Jeunesse n'y était pour rien. Non, ce qu'il aimait, c'était vilipender les candidats timorés qui n'avaient pas sa solide culture. Quelquefois, d'un geste rageur, il coupait l'émission en râlant. Il disait alors regretter le bon temps de Radio Luxembourg, où Zappy Max succédait à la famille Duraton. On pouvait alors se cultiver tout en s'amusant… Il avait un rêve secret, Dimitri : écrire un jour un livre. Un seul, mais qui marquerait, m'avait-il avoué un soir. Le sujet, il ne l'avait pas encore trouvé, et il était persuadé qu'il viendrait à force de regarder vivre les autres. J'étais sceptique. La rue Saint-Alyre n'était pas la plus animée de Clermont, pour trouver l'inspiration. Bien sûr, il y avait les gamins qui se rendaient ou sortaient de l'école toute proche, ou encore les gens du quartier qui venaient acheter leur pain à la boulangerie du coin de la rue, et, plus rare, les téméraires qui osaient s'aventurer dans ces venelles noires pour passer de la place Gaillard au boulevard Lavoisier. Aussi quelques pochetrons, dont notre voisin, pour aller boire des petits blancs ou petits rouges au bistrot miteux un peu plus haut dans la rue… Pas vraiment de quoi bâtir un roman ! Sans doute attendait-il un miracle, Dimitri.

Quand enfin il daigna se tourner vers nous, un sourire bienveillant éclaira son visage poupin. Sans doute que la dégaine du flic que j'introduisais dans son univers y était pour quelque chose. En se levant, il nous invita à prendre place dans les deux autres fauteuils. Je fis un signe de la tête au policier, afin qu'il se soumette à la volonté de mon vieil ami. Je lui laissai le siège complètement vacant et chassai du mien les deux chats qui y avaient élu domicile. De son pas lourd et traînant, Dimitri passa à la cuisine et revint avec trois verres et une bouteille :

— Un petit Chardonnay, les gars ? Il doit bien être l'heure…

C'était un test. Si le flic arguait : « Jamais pendant le service ! », ce ne serait pas gagné. Heureusement, il accepta sans sourciller. Cette fois, la glace était rompue, avant même que j'aie pu faire les présentations. Après avoir trempé les lèvres dans son verre, l'inspecteur dit simplement :

— Fameux ! Bien, si vous me racontiez ?

Dimitri avala la moitié de son vin avec délectation, posa son verre sur l'accoudoir en bois de son fauteuil. Tout ça pour préparer une réponse cohérente :

— Alors voilà, cet après-midi-là, c'est-à-dire samedi dernier, je m'étais assoupi dans le fauteuil où vous me voyez. C'est qu'à mon âge, on s'endort facilement après le déjeuner. Bref, je m'étais plongé dans un petit polar que m'avait ramené Léon de l'étalage de chez Gibert. Aussi passionnant qu'il fût, ça ne m'empêcha pas de plonger dans les bras de Morphée… C'est vrai qu'il était bien, ce livre… D'ailleurs, c'est un gars de chez nous, l'auteur… Jean-Patrick Manchette, vous connaissez ? Enfin, quand je dis de chez nous, il est de Moulins, donc un peu de chez nous, hein ?

Je voyais Fabri qui commençait à s'impatienter :

— Oui, je connais… Alors ?

— Alors ? J'ai été réveillé en sursaut par un claquement de portière. C'est que s'il en passe quelques-unes, des autos, dans la rue, peu s'y arrêtent. À ce moment-là, je ne l'ai pas vu, le gars. Je me suis juste fait la réflexion qu'il ne craignait pas les voleurs, puisqu'il ne l'avait pas verrouillée, sa voiture. Comme j'étais maintenant réveillé, je me suis replongé dans *La position du tireur couché*. Un fameux polar, je vous le recommande ! L'avantage, avec ce genre de livre, c'est qu'on peut garder un œil sur le texte et l'autre dehors. J'avais eu le temps de lire plus d'un chapitre quand il est ressorti, le gars. Un grand type dégingandé, un peu dans votre genre, mais plus soigné. Il devait plaire aux filles, celui-là. Il tenait un petit sac de sport bleu, qu'il s'empressa de jeter sur le siège passager. Après un coup d'œil de chaque côté de la rue, il remonta dans sa voiture et démarra en trombe. Je me suis dit à ce moment-là, comme tout bon Clermontois, qu'il devait travailler pour Michelin, tant les pneus ont crissé.

— Et la voiture ? Vous l'avez bien vue, la voiture ?

— Pensez donc ! Une Fulvia jaune, ça ne court pas les rues… Déjà, on n'en voit presque plus, de ces bagnoles. C'était quand même un peu fragile, de mécanique… Jaune, en plus ! La plupart de celles qui circulaient à l'époque étaient rouges, quelquefois blanches. Mais de jaune, je n'en avais jamais vu.

— Ouais… Et rien ne vous a paru suspect dans son comportement ?

— Pourquoi voulez-vous ? Je me suis dit qu'il était venu récupérer quelque chose chez des amis. Peut-être même chez les petits étudiants de l'immeuble. Et le sac de Léon, je ne l'avais jamais vu. Ce n'est que le soir, quand il est monté catastrophé ici, que j'ai fait le rapprochement.

— Et vous n'avez rien entendu ? Il a cassé votre porte de cave, tout de même !

— Vous avez vu l'épaisseur des murs, ici ? Si, en plus, on tient compte de mon oreille légèrement défaillante, non, je n'ai rien entendu !

— Bien… Merci pour le verre. Je repasserai vous faire relire et signer votre audition. Je ne vais pas vous imposer le déplacement.

— C'est aimable à vous. Ce sera avec plaisir !

Une fois revenus dans la rue, l'inspecteur me demanda où on pouvait me trouver, s'il y avait du nouveau. Je lui répondis que je serais toute la journée au même endroit que ce matin. Et que le soir, je serais chez Dimitri ou dans ma cave. Je n'allais pas lui parler de ma surveillance devant chez Clayeux. Parce qu'elle, je ne la lâcherai pas. Son attitude me portait à croire qu'elle n'était pas étrangère à mes malheurs. Peut-être à tort.

Après que l'inspecteur m'eut souhaité une bonne journée en récupérant sa voiture de service rue Fontgiève, j'étais retourné guetter vers le bar-tabac de la rue des Gras. Quelques pièces plus tard, vers midi, je la vis sortir, ma coiffeuse, et descendre la rue comme la veille. Pas un regard vers le haut, comme je l'avais prédit. Elle dut être soulagée de ne pas me voir au coin de la place Saint-Pierre. Le plus rapidement possible, je remontai vers la place de la Victoire afin de m'acheter un sandwich. Il fallait que j'avale quelque chose, le chardonnay de Dimitri m'avait mis le cœur à l'envers. Nanti de ma demi-baguette au saucisson, je suis revenu à la terrasse du petit bistrot et j'ai commandé un café, en continuant de surveiller le bas de la rue. À un moment donné, je vis le grand Johnny qui semblait chercher quelque chose ou quelqu'un en remontant la rue. Moi, sans doute. Quand il fut à portée de voix, je le hélai. Il approcha et tira une chaise à lui :

— Ah, t'es là ? J'te cherchais ! Tu payes ta mousse ?

J'acquiesçai. Il leva la main et commanda une demi-pression, puis :

— J'ai été voir des gars, ce matin. Personne l'a vu, le grand Pascal, depuis samedi après-midi… Attends ! Le dernier qui s'en rappelle, c'est le p'tit Georges. Samedi, il faisait la manche devant le Château-Rouge, à la gare. Ton gars, il est entré dans le bistrot en lui filant cinq mille balles dans sa casquette…

— Cinq mille ?

— Ouais, enfin, cinq sacs si tu préfères… Tu fais chier avec tes nouveaux francs ! Quand même, cinquante balles pour un mec qu'avait pas un flesh en poche la veille ! Et c'est pas tout !

Il avala une grande lampée de bière avant de poursuivre :

— Après, il a payé des coups à tous ceux qu'il connaissait dans le troquet. Le p'tit Georges s'en rappelle bien, parce qu'il commandait tout fort, avec sa grande gueule ! Enfin, il a acheté deux cartouches de clopes. Pas des Gauloises, hein ? Non, des cigarettes de gonzesse, là, chères… Des Marlboro !

— Ouais…

— Attends ! En partant, il s'est vanté qu'on le reverrait pas de quelque temps. Il a dit qu'il passait chez lui prendre des fringues et qu'il partait se refaire une santé au soleil… Après, plus personne ne l'a vu. Voilà, c'est tout. Est-ce que ça t'aide un peu ?

— Oui. Merci, Johnny… T'en veux une autre ?

— C'est pas de refus !

Il avala son deuxième demi et me laissa à mes pensées. Elles n'étaient pas roses, en cet instant. À ce rythme-là, je n'allais pas retrouver grand-chose des huit briques… Et l'autre, là, qui me disait ne pas l'avoir revu de plusieurs jours, alors qu'il était passé chez eux prendre des fringues. Elle se foutait vraiment de ma gueule, celle-là. Ça ne faisait que renforcer ma conviction de ne pas la lâcher.

Elle sortit de son salon un peu après dix-neuf heures. Sans doute son tour de passer le dernier coup de balai. Elle était seule. Ses deux collègues étaient parties depuis un bon moment, déjà. Plutôt que de tracer son chemin, elle regarda en tous sens, semblant chercher quelque chose ou quelqu'un. La rue s'était quelque peu vidée, et elle n'eut aucun mal à m'apercevoir. À ma grande surprise, elle se mit en marche pour remonter vers moi, si bien qu'on se retrouva face à face au milieu de la rue. Elle m'avait cueilli à froid, je ne savais pas comment l'aborder. Ce fut elle qui prit l'initiative :

— C'est vous que je cherchais ! J'ai bien réfléchi à tout ce que vous m'avez raconté, et j'avoue que maintenant je suis un peu inquiète…

Je la regardai, ébahi. Elle ne manquait pas d'air, quand même :

— Ah, tout de même ? Moi aussi je souhaitais vous demander des précisions, mais ça, vous le savez depuis deux jours, déjà.

— Oui, bon, désolée… On pourrait en discuter quelque part ?

Je saisis la balle au bond :

— Ouais… Chez vous, par exemple ?

On avait recommencé à marcher. Elle s'arrêta, me regarda avec défi :

— Pourquoi pas ? Comme ça…

— Oui, comme ça, je pourrai vérifier si mon sac ne s'y trouve pas. Enfin, si vous le permettez.

— Tout ce que vous voulez ! Au moins, on pourra parler sans équivoque, après.

Le chemin se poursuivit en silence. On avait évité la place de Jaude en filant par la rue Saint-Dominique. Sans doute rassurée par une présence masculine, elle avait osé couper par ces petites rues peuplées de copines et de mecs aux regards un peu torves, comparant les allures de ces demoiselles pour le meilleur moment d'extase tarifé possible. Arrivés devant sa porte d'immeuble, elle me fit entrer avec un léger sourire gêné. On pénétrait directement dans une petite cuisine. Je ne savais pas quelle attitude adopter. Je n'avais pas l'esprit inquisiteur, et je me voyais mal tout retourner dans l'appartement. Sentant mon malaise, ce fut encore elle qui prit les devants :

— Allez-y, fouillez !

Je rougis… Je ne m'en croyais plus capable. Je balbutiai :

— Je vous suis. Montrez-moi.

Elle me guida dans tout l'appartement, ouvrit tous les placards, tous les meubles susceptibles de contenir quelque chose, alla jusqu'à m'inviter à regarder sous le lit et le canapé du grand salon. Comme elle avait l'air sûre d'elle, je n'insistai pas plus que ça. Elle me fit asseoir et me demanda si je désirais un apéritif ou autre chose. Je m'entendis répondre :

— Un café suffira.

Pendant qu'elle s'affairait dans la cuisine, je jaugeai ce que j'avais sous les yeux. De vieux meubles sans doute récupérés dans la famille, une télévision noir et blanc plus toute jeune, et ce canapé à fleurs brodées sur lequel j'étais assis, et dont les coussins en avaient vu d'autres... Pas bien riches, les Clayeux. Elle revint avec un plateau chargé de deux tasses, d'un petit sucrier en porcelaine et d'une verseuse de cafetière électrique. Après m'avoir servi, elle attaqua :

— Quand je vous ai dit que j'avais l'habitude de ses escapades, à Pascal, je ne vous ai qu'à peine menti... Mais là, ça fait quatre jours sans nouvelles. Et vu ce que vous m'avez raconté, je crois que je vais aller chez les flics.

— Il serait temps... Mais quand vous dites ne pas l'avoir vu depuis quatre jours, vous êtes sûre de ne rien oublier ?

— Évidemment !

— Attendez, il est bien repassé ici, samedi après-midi ?

Elle me fixa, surprise :

— Je n'en sais rien, moi ! Je travaille, le samedi... Mais ça m'étonnerait, je m'en serais rendue compte... Comment savez-vous ça, vous, d'abord ?

— J'ai mes sources... Vous êtes sûre de ce que vous avancez ?

— Ben... Disons que s'il est passé, il n'a rien touché, rien emporté... Alors, pourquoi serait-il passé ?

— Ouais, ça se tient... Peut-être a-t-il changé d'avis ?

Et de lui raconter l'après-midi de son mari dans le quartier de la gare, son numéro au Château-Rouge, aussi :

— Vous pensez bien que s'il y avait autant que vous le dites, dans votre sac, il avait de quoi s'offrir une brosse à dents et quelques autres bricoles sans repasser ici !

— Encore une fois, c'est logique.

— Bon, si vous me racontiez votre histoire depuis le début ?

J'y allai de tout lui résumer jusqu'à maintenant. Elle prit un temps, pensive, puis :

— Ce que je ne comprends pas, c'est le Mont-Dore... À moins qu'une de ses poules ne l'attende là-bas, je ne vois pas pourquoi il a laissé la voiture là-haut ?

— Les flics s'en occupent... J'espère que dès demain, on aura une réponse.

— Moi aussi. De toute façon, à partir de maintenant, on se tient au courant, hein ?

Je me levai, prêt à prendre congé :

— Si vous voulez... Ah, une dernière chose, afin de dissiper tout malentendu : pourrais-je voir votre cave ?

10

Si Sylvie Clayeux s'étonna de ma requête, elle n'en montra rien, si ce ne fut un peu d'agacement :

— Vous en êtes encore avec ça ? Enfin, si ça peut vous faire plaisir.

Elle saisit une clé pendue près de la porte d'entrée et m'invita à la suivre. Une porte sur le côté, dans le couloir étroit de l'immeuble, donnait sur un escalier en pierre de Volvic encore plus étroit. Elle fit donner une lumière blafarde émanant d'une pauvre ampoule suspendue au bout d'un simple fil souple. Arrivés en bas, quatre portes pleines faites d'une solide tôle d'acier s'offraient à nous. Rien à voir avec la pauvre porte de la cave chez Dimitri. Elle alla jusqu'à la dernière, déverrouilla de sa grosse clé, actionna un interrupteur et me laissa le passage. Outre quelques cartons sous le soupirail, il y avait là un vieux vélo de fille, deux paires de skis et un rayonnage métallique sur lequel traînaient quelques outils. Tout de suite à droite de la porte, un grand congélateur posé sur une palette. Après un regard circulaire, je soulevai le couvercle. Il ne contenait que des provisions de bouche soigneusement rangées dans des sacs à congélation. Viandes et légumes divers. Aucune trace de mon sac. Surveillant mon manège, Sylvie Clayeux ironisa :

— Voulez-vous qu'on éventre les cartons ?

Vu l'accumulation de poussière sur lesdits cartons, je jugeai la démarche inutile :

— Pas la peine… De toute façon, ce n'était qu'une simple vérification. Des fois qu'il l'ait caché là, mon sac… Mais vous l'auriez vu, il n'y a pas bien de cachettes possible…

— Ouais… Avouez que vous vous êtes fait un film, avec cette histoire de cave. C'est l'autre, là-haut, qui vous a mis ça en tête ? Vous pensiez y trouver quoi, dans mon congél' ? Un cadavre ?

— Je ne sais pas… Non… Enfin, peut-être ! Votre voisine m'a juste dit qu'elle trouvait votre comportement bizarre, c'est tout. Elle m'a parlé de vos passages par la cave avant d'aller visiter vos parents… C'est vrai que la manière dont elle m'a exposé vos faits et gestes m'a paru étrange.

— Mais pour qui elle se prend, elle ? Je vous l'ai dit, non, que je stockais les provisions de mes parents ? Et elle aussi, elle le sait très bien ! Elle ferait mieux de balayer devant chez elle !

— C'est-à-dire ?

— C'est-à-dire qu'elle voudrait toujours tout ramener à elle ! Elle se prend pour une sainte parce qu'elle s'occupe de ses parents. Son père est handicapé et ne sort de chez lui que deux ou trois fois l'an. Quant à sa mère, c'est pas mieux ! Elle dit qu'elle ne peut pas laisser son mari seul, si bien qu'elle non plus ne sort presque pas. À part pour aller de temps en temps en course avec sa fille. Mais rien ne l'oblige à ça, la Catherine ! Elle n'a qu'à les coller dans une maison spécialisée.

— Vous êtes un peu dure, là ?

— Ah, vous croyez, vous ? Figurez-vous que sous ses airs de sainte-nitouche, elle cache bien son jeu.

— Mais encore ?

— Si vous croyez que je ne sais pas que Pascal se la tape… Je ne dis rien, remarquez. Il se tape tout ce qui remue du popotin ! Alors, quand je monte chez ses parents, c'est juste pour savoir si elle ne l'a pas vu, par hasard. Selon la tronche qu'elle tire, je sais à quoi m'en tenir. Comme dimanche, par exemple… Elle n'en menait pas large !

— Vous croyez qu'elle l'a vu, elle, samedi ?

— J'en sais rien, mais quand je leur ai posé la question, elle m'a juste répondu : « Qu'est-ce qu'on en a à foutre, de ton mec ? », et a quitté la pièce en me laissant seule avec sa mère.

Que pouvais-je répondre à ça? C'est vrai qu'elle avait bien caché son jeu, la petite voisine. Je me réservai le droit de lui demander directement si elle avait vu ou non, cet après-midi-là, le grand Pascal. Cette fois, il ne me restait plus qu'à m'en aller. Sans avoir avancé d'un pouce. Sylvie Clayeux me raccompagna jusque sur le trottoir, me fit un signe de la main avant de remonter les six marches qui menaient chez elle. Au moment de me mettre en route, j'eus le temps de voir un rideau qui se baissait prestement, à l'étage. Elle ne devait plus rien comprendre, la petite Catherine.

Penaud, je pris tout mon temps pour rentrer chez Dimitri. Une foule d'idées me traversait l'esprit. En premier lieu, la sensation de ridicule quand j'ai soulevé le couvercle du congélateur… Que m'étais-je imaginé, à ce moment-là ? Elle avait raison, la petite coiffeuse : j'avais vraiment pensé y trouver un cadavre ! Avec mon sac, en prime ! Je m'étais fait un mauvais film noir… Tout ça, c'était un peu la faute de Dimitri, avec tous ses livres, là. Les nuits d'insomnie, et elles étaient assez fréquentes, je dévorais avec délectation les œuvres les plus noires entassées dans ses cartons. De Chester Himes à Donald Westlake, de David Goodis à William Irish, de Dashiell Hammet à Raymond Chandler. Sans doute m'étais-je vu en Philip Marlowe… Tu parles d'un détective ! En cet instant, je ressemblais plus à Filochard des Pieds Nickelés qu'à Sam Spade ! Et la disparition de mon sac ne devait pas être si tordue que ça. Je m'étais fait enfler par un margoulin plus ficelle que je ne l'aurais cru, et voilà.

C'est dans cet état d'esprit que je pénétrai chez Dimitri. Me voyant revenir si tôt, son visage s'éclaira d'un large sourire. Sans doute pensait-il que j'avais enfin élucidé mon affaire, puisque j'avais relâché la pression, boulevard Berthelot. Il déchanta vite en scrutant mon visage préoccupé :

— Ça ne s'arrange pas, on dirait.

— Pas vraiment, non…

Et de lui raconter mon début de soirée, sans rien omettre. Il m'écouta avec attention, chassa Figaro de ses genoux pour se diriger vers la cuisine. Je le connaissais, Dimitri. Il cherchait à analyser les évènements avant de me répondre. Préparer le repas lui en donnait le temps. Je respectai son silence en le regardant battre quelques œufs pour une omelette. Il sortit une grande poêle qu'il posa sur son antique gazinière et, en déposant une noix de beurre au fond, dit :

— Soit elle cache bien son jeu, soit elle va vraiment t'aider. Quoi qu'il en soit, c'est une bonne nouvelle !

— Ah bon, tu trouves ? Explique-moi, alors.

Il se saisit d'une passoire dans l'évier. De magnifiques girolles étaient prêtes à être cuisinées. Sans me répondre directement, il commenta :

— C'est mon vieux copain Marcel qui m'a apporté ça cet après-midi. Je les ai préparées… Elles sont belles, non ?

— Oui, mais…

— Oui, ton affaire… Soit elle joue le jeu jusqu'au bout, et dans ce cas-là, tu vas pouvoir la questionner sur les habitudes de son mari. D'où il vient, qui il est vraiment, quel point de chute il aurait pu envisager, tout ça, tu vois ? Et dans le cas contraire, elle se sera foutue dans une belle merde, puisqu'elle ne va plus pouvoir bouger une oreille, se sentant toujours surveillée. En plus, elle doit bien se douter qu'elle va recevoir la visite des flics, sous peu.

— Ouais… Je n'ai rien relevé de suspect, ni chez elle ni dans la cave. Je ne la vois plus du tout impliquée, maintenant.

En versant les œufs battus sur les champignons, mon ami esquissa un petit sourire narquois :

— Les nuits sont longues, tu sais. Elle peut avoir eu tout le temps de tout faire disparaître. Rappelle-toi que la petite voisine t'a dit qu'elle la trouvait bizarre depuis quelques jours.

— Justement, celle-là, il va falloir qu'elle m'explique des choses. Parce qu'elle est loin de m'avoir tout dit !

Dès que nous fûmes installés devant nos assiettes odorantes, un silence religieux s'installa. Non pas que nous n'avions plus rien à dire ; non, simplement à savourer ce pur moment de bonheur. Cette omelette était un vrai régal. Après avoir fait passer, selon son expression, sa part avec un verre de Saint-Joseph non moins excellent, Dimitri reprit le fil de sa pensée :

— Ah, au fait, ton flic est repassé dans l'après-midi. Il m'a fait signer mon dépôt de plainte. Il m'a dit qu'il passerait sans doute te voir dans la matinée de demain. Je te dis ça pour que tu restes dans la même zone qu'aujourd'hui. Il m'a semblé qu'il avait du nouveau, mais à moi, il n'en a rien dit.

— J'avais prévu autre chose. Tant pis…

— Qu'avais-tu de si urgent à faire ?

— Non, rien. Je voulais juste pister la petite voisine… Comme je te l'ai dit, elle m'a caché des choses, et je n'aime pas qu'on me prenne pour une bille. Et puis, il ne sert plus à rien de harceler la coiffeuse. Je sais où la trouver. De toute façon, je suis quasiment sûr qu'elle n'y est pour rien, maintenant.

— Peut-être… Peut-être pas. En tout cas, sois bien au rendez-vous de Fabri, demain matin. Il avait l'air satisfait de lui, et quand un flic a l'air content, c'est qu'il a du nouveau.

Pendant ce petit échange, mon vieil ami avait débarrassé la table, et nous passâmes au salon-bibliothèque-bric-à-brac afin de nous octroyer la traditionnelle Gauloise du soir. Aussitôt calé dans son fauteuil, il me demanda tout à trac :

— Bon, si tu continuais à me raconter ta petite histoire d'amour avec Rose ? Ce serait moins sordide que ton histoire de sac.

— Que te dire de plus ?

— Je ne sais pas, moi… Tu as commencé, et puis tu m'as dit qu'on avait bien le temps pour la suite, la dernière fois. Je suis resté sur ma faim, moi !

Je lui fis un clin d'œil malin :

— Malgré l'omelette ? Non, je déconne. Bon, où en étais-je resté, déjà ?

— Eh bien, tu étais reparti sans que rien de définitif n'arrive, selon toi. Tu me racontes bien ce que tu veux, mais l'amour platonique, moi, je n'y crois que dans les contes !

— Je te jure qu'il ne s'était rien passé, cette année-là. Et quand je suis revenu au printemps suivant, j'étais partagé entre deux sentiments. D'un côté, j'étais impatient de la revoir, et d'un autre, je souhaitais qu'elle soit tombée sous le charme de quelqu'un d'autre. C'est qu'à ce moment-là, je n'avais que ma « mission » en tête, et ça aurait simplifié bien des choses, qu'elle m'oublie un peu. Mais c'était mal la connaître, ma petite Rose.

— TA petite Rose ?

— Oui, MA ! Encore aujourd'hui, je peux dire ça.

Il ne releva pas ma réflexion. En silence, il me tendit son paquet de cigarettes après s'en être collé une entre les lèvres. J'en fis de même et reposai le paquet sur la table basse encombrée de livres et de chats. Après m'avoir tendu son vieux briquet tempête, il se cala confortablement dans son fauteuil, comme pour m'inviter en silence à lui raconter la suite. Il fallait que je m'exécute :

— Tu ne dis plus rien ? Tu sais, si j'insiste sur le terme possessif concernant Rose, c'est que je sais aujourd'hui qu'elle ne sera qu'à moi, tant que je ne resterai pas à demeure avec elle, là-bas, à Sagonne. Je t'ai dit que sa qualité première était son entêtement. Peut-être un défaut, aussi, dans ce cas. Son autre qualité, à Rose, c'est la patience... Mais laisse-moi te raconter mon retour, cette année-là, tu vas comprendre.

Il se contenta de battre des paupières pour m'inciter à poursuivre :

— J'ai débarqué à Sagonne un mercredi après-midi d'avril. Trempé comme une soupe. Un routier m'avait laissé au croisement de la route de Bourges, et j'avais fini à pied. Malgré un vieux ciré récupéré dans une poubelle quelque temps plus tôt, la pluie battante sous un vent de tempête avait fini par pénétrer tous les pores de ma peau. Mes deux amis paysans, s'ils parurent ravis de me voir entrer dans la salle commune sans même y être invité, me morigénèrent de ne pas les avoir prévenus de mon retour afin qu'ils viennent me récupérer. Solange, prenant son air le plus sévère, avait même ajouté :

« — Le téléphone, c'est pas fait pour les chiens ! Manquerait plus que tu attrapes la mort...

« Elle me sécha au coin de la cuisinière, puis m'invita à aller passer des effets secs dans la chambre. À ma grande surprise, elle me remit une tenue complètement neuve. Comme je m'en étonnais, elle se contenta de me répondre laconiquement :

« — C'est pas nous, c'est Rose !

« Je sautai sur l'occasion pour demander de ses nouvelles. Là, Solange me répondit :

« — On la voit plus que le samedi et le dimanche. Elle travaille à Fenestrelay, maintenant. Elle est secrétaire à la coopérative. On y a trouvé une petite chambre, à Bourges, avec Ferdinand. Elle rentre le vendredi et repart le lundi matin.

« Je me contentai de répondre que j'étais content pour elle. Secrètement, j'espérais que les horizons nouveaux qui s'étaient ouverts devant elle lui offriraient de nouvelles rencontres propices à m'oublier un peu. Mon espoir fut de courte durée. Solange ajouta dans la foulée :

« — Elle est impatiente de te voir revenir. La première question qu'elle pose en rentrant les vendredis, c'est de savoir si tu es revenu, si tu as donné des nouvelles. Je ne sais pas vraiment ce qui s'est passé l'an dernier, mais elle est mordue, la frangine !

« Elle finit par me laisser afin que je me change. Ce soir-là, pendant le dîner, on ne reparla pas de Rose. Ferdinand me tint au courant des tâches qui nous attendaient dès le lendemain, puis Solange me demanda où j'avais passé l'hiver. S'ensuivit le récit de mon périple marseillais. Ils m'écoutaient religieusement, comme s'ils étaient au cinéma. C'est qu'ils ne voyageaient pas beaucoup, mes amis. Ils n'avaient pas encore la télévision, non plus. La première télé, ils l'ont eue le Noël suivant, en soixante et onze. C'est Rose qui la leur a offerte. À presque une heure du matin, on décida d'aller se coucher. Solange, un peu gauchement, me proposa d'investir la chambre de Rose :

« — Il faut bien qu'elle serve, à présent !

« Je déclinai l'offre, arguant que j'aimais ma tranquillité et la chaleur du fenil.

Dimitri commençait à s'impatienter :

— Oui, mais Rose, dans tout ça ?

— Hé, tu m'as demandé de raconter, alors je raconte. Mais à mon idée… Quand les souvenirs remontent, surtout les bons, j'aime bien prendre mon temps. Donc, le lendemain, Ferdinand avait décidé de refaire la clôture d'un de ses prés. Il avait préparé des piquets neufs, bien taillés. Il suffisait de remplacer les anciens qui avaient pourri en leurs bases. Il fallait enlever chaque cavalier qui retenait le fil de fer, puis déplanter les anciens pieux. Ensuite, prendre un piquet neuf et reclouer le fil de fer avec de nouveaux cavaliers. Malgré un sol rendu meuble par la pluie de la veille, la tâche s'annonça plus ardue que prévu. Certains poteaux étaient si pourris qu'ils se brisaient au ras du sol dès qu'on tentait de les arracher. Si bien qu'on n'eut pas l'occasion de discuter avant l'heure du traditionnel casse-croûte. Je ne sais pas pourquoi, mais j'étais persuadé que Ferdinand allait me parler de sa belle-sœur. Je me trompais. Il fallut que ce soit moi qui l'oriente sur le sujet par une question anodine :

« — Alors, elle s'y plaît, Rose, là-bas, en ville ?

« Il me jeta un œil amusé, avant de répondre :

« — J'savais ben que t'allais m'en causer. Ça te travaille, hein ? Déjà, c'est pas vraiment la ville. C'est une coopérative agricole, alors elle est pas trop dépaysée. Et pis ses collègues sont gentils avec elle… Mais te fais pas de mouron, c'est toujours à toi qu'elle pense, la gamine !

« Je l'ai regardé, un peu surpris, en lui demandant ce qui lui permettait d'être aussi sûr de lui. Là, il partit d'un gros éclat de rire moqueur :

« — On voit ben que t'es pas là, toi, pour écouter Léon par-ci, Léon par-là, et Léon aurait fait comme ça, ou encore, c'est quand qu'il revient, Léon ?.. Y'en a que pour toi, mon p'tit gars !

« J'essayais alors de le tempérer par un « Ça lui passera bien ! », ce à quoi il me rétorqua un simple « Rêve, mon gars ! »

« Ce fut tout pour ce jour-là. On n'en reparla plus jusqu'au retour de Rose, le lendemain. Toute la journée du vendredi, on la passa à l'abri à tailler de nouveaux pieux. La pluie était revenue, si bien qu'on était restés à couvert. À cinq heures de l'après-midi, je ne pus m'empêcher de poser la question qui me brûlait les lèvres :

« — À quelle heure tu vas la chercher, Rose ?

« Encore une fois, il prit son petit rire moqueur pour me répondre :

« — J'vas pas la chercher ! Elle a plus dix ans, elle se débrouille !

« — Mais…

« — Mais, mais… On y a payé une bagnole, avec la Solange. Hé oui, mon gars, une belle 2 CV bleue toute neuve !

« Au même moment, on entendit le doux ronronnement du petit deux-cylindres s'arrêter dans la cour. Comme je ne bougeais pas, Ferdinand me dit :

« — Eh ben vas-y, jarjot !

« Je ne savais pas comment réagir. Je me contentai de lui répondre :

« — Elle viendra bien d'elle-même !

« Elle est bien venue. Après quelques minutes sans doute consacrées à déposer ses affaires et à dire bonjour à sa sœur, elle est entrée dans l'atelier en trombe et s'est jetée sur moi sans un mot, plaquant avec force ses lèvres sur les miennes. Surpris, je ne pus m'empêcher de répondre à son baiser. Ferdinand, même pas vexé d'avoir été totalement ignoré, y alla de son petit commentaire :

« — Eh ben voilà, c'est reparti !

« Me détachant de la petite, je le fixai droit dans les yeux :

« — Qu'est-ce qui est reparti, hein ?

« Là, il baissa la tête pour cacher son petit sourire narquois :

« — Oh, rin… J'disais ça pour causer.

« Il se reconcentra sur le pieu qu'il était en train de tailler. Rose ne m'avait pas lâché le bras. Je pus enfin la regarder à loisir. Elle avait changé, la petite. Elle avait cédé à la mode hippie. Le jean à pattes d'éléphant qu'elle portait affinait sa taille, et ses cheveux joliment ébouriffés rendaient son visage encore plus gracile. Je devais être parti dans mes pensées, à ce moment-là, puisqu'elle me réveilla en se resserrant contre moi :

« — Ça y est ? L'inspection est terminée ?.. Dis, Ferdi, t'as encore besoin de lui ?

« — Je m'appelle Ferdinand ! Qui que c'est-y que c'te nouvelle mode de déformer mon nom ?

« Il jouait les indignés, mon vieux paysan. Il ajouta :

« — Vous pouvez ben y aller. On allait arrêter, de toute façon.

« À ce moment-là, je ne savais pas où elle voulait m'emmener. Elle me tira par le bras dans la cour, et m'invita à monter dans sa voiture. J'arguai que je n'étais pas en tenue pour sortir. Elle répliqua qu'on s'en foutait, qu'il fallait qu'on cause. Elle prit la direction de Givardon, et cinq minutes après elle rangeait la voiture sur la place, devant le bistrot. Je la suivis en silence. On s'installa à une table en commandant deux demis au passage. Dès que le patron eut posé nos verres sur la table, elle attaqua :

« — Tu ne peux pas savoir comme je suis contente que tu sois revenu. Plus que contente… heureuse ! Au moins, je ne t'aurai pas attendu pour rien. Mais maintenant, il faut que tu me dises… si tu vas rester. Parce que je suis sûre d'une chose, aujourd'hui : c'est que je t'aime, Léon.

« Là, j'étais bien embarrassé. En cet instant précis, j'étais à peu près sûr que je l'aimais aussi. Comme ça, à froid, je ne pouvais pas raisonnablement lui donner satisfaction. Ma « mission » m'obsédait toujours autant, et la promesse que je m'étais faite ne pouvait pas tomber à l'eau sur un coup de tête. Comme je la regardais sans répondre, elle insista :

« — Alors ?

Enfin, je parlai :

« — Alors, je ne sais pas… Je crois que je t'aime aussi, mais…

« — Ah, tu crois ?

« — Attends, je n'ai pas fini. Il faut que je te raconte quelque chose. Mais pas ici. Trop de monde. Ce soir, si tu veux, dans le fenil.

« Son visage se ferma sur une mine boudeuse. Pour tenter d'atténuer sa déception, j'ajoutai :

« — Sache quand même que je reviendrai chez vous tous les ans, quoi qu'il arrive.

« Elle sortit un mouchoir de son grand sac et essuya une larme qui perlait au coin de son œil :

« — S'il faut s'en contenter… Une chose est sûre, je ne te lâcherai jamais !

« On rentra ensuite à la ferme, en silence. Le dîner, ce soir-là, fut assez joyeux. Si moi je la voyais inquiète, Rose cacha bien son impatience de me retrouver aux deux autres.

« Mais peut-être n'était-elle pas si impatiente que ça. Jusqu'à dix heures du soir, j'ai cru qu'elle boudait dans sa chambre, suite à notre conversation de l'après-midi. Enfin, j'entendis grincer la porte de la grange et glisser son pas furtif jusqu'à l'échelle. Elle s'était changée, simplement vêtue d'un pyjama-short en coton léger. Elle vint directement se blottir contre moi, toute frissonnante :

« — Désolée, je me suis mise en retard. Solange ne m'a pas lâchée… Alors, que voulais-tu me dire de si important ?

« Si je lui avais raconté l'histoire du sac l'année précédente, je ne lui en avais pas donné toutes les raisons. Aujourd'hui, pour qu'elle comprenne vraiment, je lui déballai tout ! De ma descente dans l'enfer du jeu jusqu'à mes malversations et à ma complicité avérée dans les cambriolages. Ce qui sembla la choquer plus que le reste fut ma fuite en avant, et l'abandon de Sandrine à la veille de mettre ma fille au monde. Elle s'était tournée sur ma couche, sans doute pour ne pas me regarder en répondant simplement :

« — T'as pas fait ça ! Pas toi !

« Je comprenais son malaise. Je ne pus que murmurer :

« — Si… C'est pourquoi tu dois comprendre le but de ma quête, maintenant.

« — Oui… Bien sûr que je comprends. En fait, tu ne t'appelles pas vraiment Léon… Dommage, j'aime bien Léon, moi.

« — Mais si. Je suis Léon pour toujours, maintenant. L'autre, il n'existe plus. Aussi bien pour moi que pour tout le monde… Surtout pour moi !

« Elle se retourna pour me faire face :

« — C'est pas un peu facile ? Enfin, je ne veux pas juger, même si… Et puis non, rien !

« — Dis toujours. Une fois que chacun aura vidé son sac, on pourra parler d'autre chose.

« — Je n'ai rien à dire de plus, si ce n'est que pour moi, ça ne change rien. Je t'aime, Léon ou qui que tu sois, et ça, c'est incontrôlable. Et comme je te l'ai martelé depuis le début, j'attendrai.

« Elle se pelotonna de nouveau contre moi, sans rien dire, et nous nous endormîmes chacun dans nos pensées. Il ne se passa rien d'autre, encore une fois, ce soir-là. Pour les deux autres, par contre, la cause fut entendue quand ils nous virent débarquer le matin dans la cuisine pour le petit déjeuner.

« Ce samedi-là, Ferdinand nous donna quartier libre pour tout le week-end. Rose décida qu'on irait se promener à Saint-Amand. Elle devait y rejoindre une copine de classe pour déjeuner. Nous étions partis dès le milieu de la matinée. Après avoir bu un café à la Rotonde, elle m'entraîna chez un disquaire. Elle y fit l'emplette de plusieurs mini-K7, dont les titres et les auteurs m'échappaient un peu : Janis Joplin, The Who et autres T-Rex. Quand je lui fis remarquer, elle rit franchement en disant qu'elle me ferait découvrir. Pour la première fois depuis longtemps, j'avais l'impression de vivre comme quelqu'un d'ordinaire…

Depuis quelques minutes, je n'avais pas remarqué que je parlais dans le vide. Le léger ronflement émis par Dimitri me décida à aller moi aussi dormir. Je lui secouai doucement l'épaule en lui annonçant. Il essaya de me retenir :

— Mais je ne connais toujours pas la fin !

— Moi non plus ! Et là, tu dors… Demain soir, si tu veux.

— Pfff…

— Tu devrais me dire merci ! J'économise tes vieux yeux en te racontant mon histoire. C'est comme si je te faisais la lecture.

— Tu sais ce qu'ils te disent, mes yeux ?

— Oui ! Ou plutôt non, j'aime mieux ne pas savoir.

Je sortis rapidement avant qu'il ait pu encore rétorquer une vacherie, et allai me coucher. Demain, je devais être à pied d'œuvre de bonne heure. Si tout se passait comme je le prévoyais, j'avais encore une chance de le récupérer, mon sac.

11

Dès six heures, le lendemain matin, j'étais en faction boulevard Berthelot. Pas à l'angle, cette fois. Carrément au pied de la porte du numéro 8. Je m'étais vêtu de la manière la plus propre et passe-partout possible. J'avais aussi rassemblé ma grande tignasse en une queue-de-cheval avec un élastique. Enfin, j'avais peigné ma barbe. Pour ce que j'avais envisagé aujourd'hui, je devais être le plus présentable possible. Malgré mes efforts, le peu de matinaux qui se rendaient au turbin continuaient à me reluquer d'un œil soupçonneux. Moins de pitié, plus de méfiance. En bon habitué du fait, je n'y faisais même plus attention. Si j'étais venu ici aussi tôt, c'est que j'espérais avoir une petite explication avec la voisine. Après tout, c'était elle qui m'avait proposé spontanément son aide. Ce qui m'avait gêné, en y repensant, c'était le peu de considération qu'elle semblait avoir pour Sylvie Clayeux.

Bientôt sept heures, et personne n'était encore sorti de l'immeuble. Pourtant, de la lumière filtrait au travers des volets de chaque étage. Je devais en être à ma quatrième cigarette, moi qui n'avais pas l'habitude de fumer le matin. J'aurais maintenant volontiers avalé un café. Pour m'éviter de cogiter, je faisais les cent pas entre la porte et le coin de la rue. La porte s'ouvrit enfin pour laisser passer un homme d'une quarantaine d'années que je n'avais jamais remarqué. Il était bientôt huit heures. Moins d'un quart d'heure après, ce fut au tour de la petite Clayeux de sortir. Elle parut surprise de me trouver là, mais vint néanmoins me serrer la main. La curiosité, sans doute. Avec un sourire engageant, je me justifiai :

— Ce n'est pas vous que j'attendais aujourd'hui. C'est Catherine. Elle me doit quelques éclaircissements.

Sans me répondre directement, elle m'invita à la suivre. Tout en marchant, elle commenta :

— Vous auriez pu l'attendre un moment encore ! Elle est partie ce matin à cinq heures. Avec son métier, ses horaires changent souvent. Je l'ai entendue partir ce matin, parce qu'en plus, elle n'est pas discrète… Enfin, quand elle part, je veux dire !

— Ah ? Que fait-elle, dans la vie ?

— Elle est aide-soignante, juste au-dessus, dans la rue, à la clinique Notre-Dame. Alors vous comprenez…

— Ouais… Je peux vous offrir un café ?

Elle me détailla de la tête aux pieds, dut penser que j'étais à peu près sortable, puisqu'elle me répondit :

— Si vous voulez.

On avait pris la rue Lamartine, si bien que le premier troquet ouvert qui se présenta fut « Chez Max ». Ce n'était pas plus mal. Elle serait plus à l'aise dans un bistrot populaire que devant ses copines. J'attaquai, après avoir commandé deux cafés :

— Aujourd'hui, vous risquez de recevoir la visite d'un flic... Attendez, je vais essayer d'arranger le coup, puisqu'il va d'abord passer me voir, moi. Le mieux serait qu'on le voie ensemble. À midi, par exemple...

Elle parut résignée, triste tout à coup :

— Pourquoi pas ? De toute façon, j'avais envisagé d'y aller, au commissariat. Parce que là, je commence vraiment à être inquiète... D'habitude, même les poches pleines, il revient, Pascal. Parce qu'il m'aime, à sa façon. Il me le dit. Il ne peut pas se passer de moi. Alors, qu'il parte en bringue deux ou trois jours, ou qu'il emmène une de ses morues passer un week-end avec votre fric, je veux bien. Mais pas plus.

— Mon fric, c'est quand même huit briques ! Ça peut modifier le comportement de n'importe qui.

— Oui, mais non ! Et puis s'il avait eu autant d'argent, il serait venu s'en vanter devant moi, avec un cadeau, après sa tournée des grands ducs. Je le connais, mon Pascal, je vous dis... Ou alors, je me serais lourdement trompée... Non, pas à ce point, c'est impossible !

Là, elle paraissait vraiment sincère. Je devais définitivement l'exclure de ma liste de suspects. Pour la rassurer, je lui répondis :

— Ne vous en faites pas, on va tirer tout ça au clair. Le flic dont je vous ai parlé, en plus d'être sympa, m'a semblé efficace.

Elle eut un pauvre sourire, sortit un mouchoir de son sac pour endiguer une larme qui commençait à pointer. Ensuite, elle se leva et partit en me faisant un petit signe de la main. Je n'avais plus qu'à régler les cafés et partir. Mais pas sur ses talons, afin qu'elle comprenne que je ne la harcèlerais plus. Je décidai de faire une deuxième escale café à la brasserie de Strasbourg. Je saluai d'un signe de tête les employés de la librairie qui attendaient neuf heures en discutant autour d'une table, et choisis de m'installer face à la rue. J'espérais que Fabri se pointerait vite. Je n'avais pas envie de passer la matinée à l'attendre. Quand Jean-Pierre apparut dans mon champ de vision, je penchai la tête pour voir s'il n'était pas accompagné. Malheureusement, seul son collègue le suivait. Il me vit, entra seul et prit place à ma table. Après l'avoir salué, je demandai :

— Tu n'es pas venu avec ton ami l'inspecteur, ce matin ?

Il héla le garçon pour avoir un café, puis :

— Non... Mais il va passer te voir, un peu plus tard.

— Je sais, oui. Il t'a dit quelque chose, à toi ?

— Juste qu'il fallait qu'il te cause de ce qu'il avait trouvé. Mais il ne m'a pas dit quoi. Et il paraissait bien emmerdé...

J'étais bien avancé. Je n'en montrai rien, essayant de faire bonne figure. Avant de repartir, le préposé aux prunes me recommanda de bien attendre au même endroit que la veille. J'allais encore une fois changer de bistrot. Je retournai au petit bar-tabac, en haut de la rue des Gras. À l'intérieur, car un petit froid vif ne me donnait pas envie de m'asseoir par terre, aujourd'hui. Encore une fois, je me mis en vitrine. De là, je le verrais arriver, mon flic. Pour me donner une contenance, je pris *La Montagne* disponible au comptoir et le feuilletai sans conviction. Malgré moi, j'avais eu le temps de lire presque entièrement le journal. J'en étais réduit à consulter les cours de la Bourse, la dernière chose qui m'intéressait, quand je vis Fabri pousser la porte du troquet. Il tira une chaise à lui :

— Salut, Léon. Je vois que vous avez eu mon message. Ça va ?

— Bonjour... Ouais, ça va à peu près. Tout dépend de ce que vous allez m'apprendre.

Il prit un air contrit :

— Oh, pas grand-chose. Si ce n'est qu'il n'est pas si con que je le pensais, le Clayeux. Ou qu'il n'était pas tout seul !

— Eh bien, je vous écoute !

— Les gendarmes du Mont-Dore ont mené leur enquête. Il n'est pas passé par la gare, ce matin-là. Le guichetier s'en souvient bien. C'était dimanche matin, et le dimanche, il n'y a pas grand monde qui descend sur Clermont. Il se souvient juste d'avoir vendu un billet à une jeune femme. Les autres passagers étaient déjà munis de titres de transport. Et Pascal Clayeux ne figurait pas parmi eux.

— Bon, eh bien il est parti autrement… La jeune femme, il s'en souvient ?

— Oui, vaguement. Je vous vois venir… Non, la description ne correspond pas à Sylvie Clayeux. Ce qui m'intrigue, c'est la voiture. Personne ne l'a vue arriver, cette bagnole. Elle serait donc arrivée au beau milieu de la nuit. Et depuis, personne n'a donné signe de vie pour la récupérer. On va la faire enlever aujourd'hui pour la faire redescendre ici, à la fourrière. Mais avant, il faut que j'en parle avec madame Clayeux. Savoir si elle veut la reprendre, après l'enquête… Avec toutes les amendes à payer qui vont avec !

— Justement, elle voulait venir vous voir…

Et de lui raconter notre conversation de la veille et de ce matin. Son inquiétude, son désir de savoir ce qu'était devenu son homme, et la proposition de déjeuner tous les trois à midi au Cheval Blanc. L'inspecteur parut satisfait de ma démarche. Il ajouta :

— Une piste de moins à explorer. Maintenant, il va falloir trouver qui l'a accompagné au Mont-Dore, le Clayeux. Parce que pour moi, ils étaient au moins deux. Il n'est pas reparti à pied, quand même ! À mon avis, ils devaient être plusieurs sur le vol de votre sac. Au moins deux. Ils ont laissé la bagnole là-haut pour brouiller les pistes, et sont repartis dans une autre voiture. Je ne vois que ça. En questionnant sa femme, on pourra peut-être apprendre avec qui il était assez lié pour entreprendre le forfait.

J'étais sceptique devant son analyse. Je lui fis part de mon idée :

— Et s'il n'avait jamais bougé de Clermont, le Clayeux ? Il a pu se la faire voler, lui aussi, sa bagnole. Des jeunes qui auraient eu envie de monter faire la java là-haut. On était samedi soir, ne l'oublions pas.

— J'y ai déjà pensé. Mais la bagnole est soigneusement fermée, et ne porte aucune trace d'effraction… Non, ça ne tient pas.

C'était désespérant. J'avais l'impression qu'on tournait en rond. S'il avait raison, mon inspecteur, et qu'ils étaient deux pour faire le coup, le contenu de mon sac serait deux fois plus vite dépensé. Et tout ce qu'on faisait en ce moment ne serait que peine perdue. Mais je n'y croyais pas, à cette hypothèse. Pourquoi aurait-il eu besoin d'un complice pour disparaître ? Il pouvait très bien avoir une solution sur place. Pourquoi n'être pas parti à pied à travers la montagne, par exemple ? Traverser la vallée de Chaudefour, et trouver un moyen de locomotion, une fois à Besse ? Voler un vélo ou une mobylette, par exemple ? Surtout s'il avait décidé de faire comme moi il y a quelques années : disparaître et faire peau neuve. Il en avait les moyens, lui, en plus. Voilà à quoi je pensais quand Fabri me sortit de mes cogitations :

— Quelque chose qui vous revient, Léon ?

Je n'allais pas l'embrouiller en lui dévoilant mes pensées. Je me contentai de dire, l'air désabusé :

— Non… un petit moment d'abattement. Je ne vois pas comment tout ça va finir. Mais intérieurement, je crois que j'ai déjà fait une croix sur mon sac.

— Ne vous en faites pas, on va trouver !.. Je vais trouver ! Je n'aime pas me faire balader, surtout par un guignol !

— Si vous le dites…

Il se leva, paya les cafés :

— Vous m'attendez ici ? Je reviens juste avant midi.

Que pouvais-je faire d'autre ? Bien sûr que j'allais l'attendre. Malgré moi, je me mis à repenser à ce qu'il m'avait dévoilé. Au guichetier de la gare, au Mont-Dore. À cette jeune femme qu'il avait remarquée, ce matin-là. S'il l'avait signalée, c'est qu'il n'avait pas l'habitude de la voir. Il faudrait peut-être lui demander de faire une sorte de portrait-robot. Il faudrait que je soumette l'idée à Fabri, tout à l'heure. Si ça n'aboutit à rien, ça aura au moins le mérite d'éliminer une piste. Je le vois bien, le Clayeux, payer quelqu'un pour aller déposer sa bagnole là-haut. Pourquoi pas une de ses copines ? Il n'est peut-être pas si con que ça, mon voleur. Il a dû se dire que tant qu'on chercherait en haut, il aurait tout son temps pour disparaître en bas.

Enfin, mon inspecteur était de retour. Il m'offrit un apéritif pour attendre midi. Je me permis de lui soumettre l'idée du portrait-robot. Il me regarda, surpris, et m'annonça que c'était en cours. La même idée lui était venue.

Tranquillement, on alla attendre la coiffeuse à quelques mètres de son salon. Une fois les présentations faites, Fabri nous annonça qu'il nous invitait à déjeuner. Mais pas au Cheval Blanc, comme prévu. Il nous guida vers un petit restaurant de la rue des Chaussetiers, où il avait réservé une table discrète au fond d'une petite salle voûtée.

— On sera plus tranquilles pour causer, avait-il ajouté.

Après un petit blanc-châtaigne à l'apéritif et en attendant une simple salade de lentilles vertes en entrée, ce fut l'inspecteur Fabri qui attaqua. Sylvie Clayeux n'avait pas sorti un mot, sans doute impressionnée par la présence du policier :

— Vous désiriez donc venir nous voir, selon ce que m'a dit Léon ?

Elle rosit à peine :

Oui… Je sais très bien ce que vous pensez de Pascal. Mais je pense que vous vous trompez, tous les deux ! Jamais il ne serait parti définitivement sans moi, même blindé. Là, je suis vraiment inquiète.

— Qu'est-ce qui vous fait dire ça, qu'il ne serait jamais parti sans vous ?

— Plusieurs choses… Vous savez, Pascal n'est pas d'une intelligence supérieure. Je ne le vois pas échafauder des plans tels que vous les imaginez. Déjà, s'il est passé au Château-

Rouge après vous avoir volé, Léon, c'est qu'il était persuadé que personne ne l'avait vu. Il ne devait pas se douter qu'il y avait eu des témoins. Il n'avait donc aucune raison de disparaître. La preuve en est qu'il a rincé tout le monde, à la gare.

— C'est pas faux…

— Bien sûr ! En plus, qu'il ait trouvé une fille pour finir la soirée au Mont-Dore, c'est possible aussi. Même qu'il ait passé le week-end avec elle… Mais pas cinq jours ! Là, il serait déjà revenu… Où voulez-vous qu'il aille, sans moi ? Non, il lui est arrivé quelque chose, là-haut… Il faut chercher !

— On ne fait que ça. On a peut-être une piste, mais je ne peux pas vous en dire plus. Mais dites-moi quand même : si vous vous trompez, où pensez-vous qu'il puisse se cacher ?

— Je n'en sais rien… L'idée ne m'a même pas effleurée.

— Je ne sais pas, moi : des parents, peut-être ?

— Des parents ? Il est fâché avec ses parents ! Depuis longtemps. Ils n'étaient même pas à notre mariage ! Il ne parle plus qu'à sa sœur, mais on n'y va pas souvent. C'est loin, quand même… Et puis des copains, là-haut dans le Berry, il n'en a plus beaucoup…

Stupéfait, je la coupai :

— Dans le Berry ?

Mais l'inspecteur l'empêcha de me répondre :

— Plus tard, Léon ! Laissez-la continuer.

Elle reprit la parole :

— Ici aussi il a des copains, mais pas vraiment d'amis… Enfin, je ne vois personne capable de le cacher…

— Et cette sœur, alors, où habite-t-elle ?

— À côté de Saint-Amand-Montrond, dans le Cher. À Charenton, exactement. Son mari est infirmier à Ainay-le-Château, et elle, elle travaille à la Chemiserie, à Saint-Amand. En plus, ils ont ma petite nièce. Mais c'est impossible que Pascal y soit allé sans moi. Elle se serait posé des questions, Nathalie… et elle m'aurait déjà appelée.

— Ouais, ça se tient… Et vers chez ses parents… Non, attendez, peut-être connaissait-il des endroits discrets pour se planquer, dans la campagne ?

— Mais non ! Je vous ai dit qu'il n'avait pas remis les pieds dans son bled depuis qu'il était arrivé en Auvergne. Il y a un paquet d'années, maintenant. Je n'y suis moi-même jamais allée… Je sais juste que ça s'appelle Véreaux. Et que Pascal s'est sauvé dès qu'il a eu dix-huit ans. Enfin, c'est ce qu'il m'a raconté…

— Eh bien, racontez-nous, à nous. On peut trouver une piste dans votre histoire. Allez-y !

Là, je devais ouvrir mes oreilles en grand. Véreaux, je connaissais. On n'était pas loin de Sagonne, mon point de chute d'été. Pour une coïncidence, c'en était une belle. Et par expérience, je ne croyais pas trop aux coïncidences.

— Il faudrait que je reprenne du début, pour que vous compreniez, mais ça risque d'être long…

— On a tout notre temps.

— Pas moi. Je reprends à deux heures ! Mais bon… Déjà, Pascal, sa mère, il ne l'a pas connue longtemps. Elle s'est barrée quand il avait six ans avec un routier, abandonnant mari et enfants. Sa sœur avait déjà douze ans, à l'époque. Aujourd'hui, ils ne savent même pas où elle réside, leur mère. Il faut dire qu'à l'époque, son père a tout fait pour qu'elle soit déchue de tous ses droits. C'est que c'est pas un tendre, le père Clayeux, aux dires de ses enfants. Pascal, lui, ne foutait rien à l'école. À treize ans, il était encore en primaire. Alors son père, dès qu'il a eu quatorze ans, l'a pris avec lui dans son bistrot. Ah oui, je ne vous ai pas dit : il tient le petit bar-restaurant, là-bas, dans son bled. Le problème, c'est qu'il le faisait bosser du matin au soir sans même le payer, son gamin. Alors de temps en temps, Pascal se servait dans la caisse, déjà à ce moment-là. C'est par hasard s'il est arrivé en Auvergne. Un de ses copains qui venait d'avoir son diplôme de cuisinier lui avait dit qu'il venait de trouver une place pour la saison au Mont-Dore, et qu'ils cherchaient des serveurs. Pascal est parti un matin avec un sac qu'il avait préparé en cachette, sans prévenir son père. Il était fou de rage, le vieux. C'est sa sœur qui nous a raconté. Pas la peine qu'il essaie de revenir, sinon ce sera une volée de coups de pied au cul, selon ses dires. Remarquez, des coups de pied au cul, il en avait pris toute sa vie. Du coup, il ne fallait pas lui en parler, de son père, à Pascal.

Fabri la coupa dans son récit, semblant penser à haute voix :

— Au Mont-Dore… On y revient ! A-t-il gardé quelque attache, là-haut ?

— Pensez-vous ! Son copain Dominique, avec qui il était parti, est maintenant cuistot à Nevers. On le voit aussi, lui, de temps en temps. Non, dès qu'il a eu fini sa saison, Pascal est descendu à Clermont. Et là, il a eu une chance phénoménale. En allant s'acheter un paquet de clopes à la Cave à Cigares, place de Jaude, il a vu une petite affiche dans la vitrine du Rabelais, juste à côté. Il s'est présenté et a été pris sur-le-champ. Il y est resté quelques années… Et c'est là que je l'ai connu. J'y prenais mon café tous les matins, quand j'étais apprentie, au fond de Jaude, avant qu'ils n'abattent tout le quartier pour en faire cette horreur de Centre… Juste avant qu'on se marie, il est parti travailler au Buffet de la Gare. Les horaires étaient meilleurs et c'était mieux payé. C'est là qu'il a commencé à faire la fête, à ne plus rentrer tous les soirs, et à sauter sur tout ce qui bouge… Avant, il n'était pas comme ça ! Et puis la suite, vous la connaissez… Il s'est fait virer, il y a deux mois. Au début, il m'a dit que ce n'était pas grave, qu'il allait vite retrouver du taf. Mais les jours ont passé, sans qu'il cherche. Il continuait à parader en ville, sans plus s'en faire que ça. On aurait dit qu'il attendait que l'argent lui tombe du ciel…

Fataliste, je remarquai :

— Et c'est arrivé…

— Désolée pour vous, Léon… Vous ai-je un peu aidé ?

Le flic lui sourit gentiment :

— Peut-être... Vous dites qu'il se comportait comme s'il attendait quelque chose ?

— Oui... Enfin, c'est l'impression que j'ai eue. Parce que dès que j'abordais le sujet du boulot, on finissait par s'engueuler, et il me répondait que bientôt il n'aurait plus besoin de chercher.

Fabri se tourna vers moi, l'air satisfait de ce qu'il venait d'entendre :

— Vous voyez, Léon, ça confirme ce que je pense depuis le début. Tout ça était prémédité. Clayeux attendait juste le bon moment. Je pense qu'il savait exactement ce qu'il allait trouver. Comment ? Là, c'est encore à découvrir, mais je vais trouver !

Nous raccompagnâmes Sylvie Clayeux jusqu'à son salon, puis l'inspecteur me donna rendez-vous dès le lendemain matin, même endroit, même heure.

Moi, j'avais maintenant un autre problème à résoudre, dès cet après-midi.

12

Le temps que je remonte à pied jusqu'au boulevard Berthelot, il était presque quinze heures. En chemin, j'avais un peu flâné, certes. Me tournait dans la tête l'histoire que nous avait racontée la coiffeuse. Son homme était de Véreaux, à une poignée de kilomètres de Sagonne. Le hasard, quand même… Et si ce n'était pas un hasard ? J'avais beau me creuser, je n'arrivais pas à trouver de relation entre d'une part mes amis Ferdinand et Solange, et Pascal Clayeux d'autre part. Avec Rose non plus, d'ailleurs… Quel âge pouvait-il avoir, lui ? Vingt-six ou vingt-sept ans ? Au pire, vingt-huit. Rose en avait trente-deux, aujourd'hui. Et de toute façon, le Clayeux n'avait jamais mis les pieds au collège, puisqu'il avait quitté la communale à quatorze ans. Où et comment auraient-ils pu se connaître ? Je ne voyais pas. J'en parlerais ce soir à Dimitri. Peut-être aurait-il une explication à me proposer, avec son regard extérieur.

J'en étais là de mes réflexions quand je repris place contre le mur du numéro 8. Malgré ma mise à peu près correcte du jour, les passants continuaient à me reluquer. Pourtant, je ne faisais pas la manche… J'aurais peut-être dû !

Il y avait bien une heure maintenant que je faisais le pied de grue quand la porte de l'immeuble s'ouvrit. En sortit l'homme que j'avais croisé le matin même, de bonne heure. Il osa cette fois m'aborder, avec un rien d'agressivité dans la voix :

— Qu'est-ce que vous foutez là ? Vous attendez quelqu'un ?

Avec un sourire qui se voulait rassurant, je répondis :

— Oui. J'attends Catherine, la petite du deuxième…

Il se radoucit quelque peu, avec sur son visage un sourire ironique, cette fois :

— Pas de bol, mon gars… Elle est partie il y a moins d'un quart d'heure.

— De quel côté est-elle partie ?

— Qu'est-ce que ça peut vous foutre ? De toute façon, elle a pris sa bagnole.

— Parce qu'elle a une voiture ?

Je semblais franchement l'amuser, maintenant. Instinctivement, il finit par me tutoyer :

— T'es pas bien observateur, mon gars, depuis le temps que tu guettes dans la rue. Tu vois pas qu'il n'y a plus la petite R5 orange, sur le trottoir d'en face ?

Bien sûr que je l'avais vue, cette voiture, mais comment aurais-je pu savoir ? Bêtement, je remarquai :

— Ah ? C'est la sienne ?

— Ben oui ! Et là, elle est partie en week-end. Elle avait son gros sac.

— Mais ce n'est pas le week-end !.. Il était comment, ce sac ?

— T'es bien curieux, toi. Il était normal, en cuir marron, comme tous les sacs de voyage de gonzesse. Et puis, quand je dis qu'elle est en week-end, je me comprends. Elle travaille en milieu hospitalier, alors elle profite de ses jours de congé, même si on est en semaine. Tu comprends ?

— Ouais… Et vous savez où elle va ?

— T'es de la police, toi ? Non, j'en sais rien, et je m'en fous. Rejoindre un mec, peut-être ? Parce que là-haut, chez ses vieux, ça doit pas être la noce tous les jours ! Quoi qu'il en soit, elle reviendra demain soir. Elle les laisse jamais plus longtemps tout seuls, ses parents… Mais ça me dit toujours pas ce que tu fous là ?

— Je vous l'ai dit : j'attendais Catherine.

— Me prends pas pour un con ! Un jour, t'en as après la mère Clayeux, le lendemain, c'est l'autre bêcheuse d'infirmière… Qu'est-ce que tu cherches ?

Sans me démonter, je répondis du tac au tac :

— Mon sac… Je cherche mon sac !

Il me regarda comme si j'étais un extraterrestre descendant de sa planète :

— Un sac ? C'est quoi cette histoire de sac ?

— Ce serait un peu long à vous expliquer. En réalité, depuis que vous me voyez devant chez vous, je cherche Pascal Clayeux.

— Ce grand con ? Il vous en a fait une ?

Encore un qui ne le portait pas en haute estime, apparemment :

— Oui… C'est lui qui m'a volé mon sac. Vous n'avez pas l'air de beaucoup l'aimer ?

Tu parles ! Au début qu'ils étaient là, on les trouvait plutôt sympas. J'ai même donné un coup de main, le jour où ils sont arrivés. Après, pour un oui ou pour un non, il montait chez nous se faire rincer. Une fois il voulait ma perceuse, une autre fois il n'avait plus de sel… Quand j'ai compris qu'il tournait en réalité autour de ma femme, je l'ai foutu dehors ! Enfin, quand je dis que j'ai compris… C'est ma femme qui m'a dit que dès que j'avais le dos tourné, il montait chez moi se faire payer un café !

— Décidément… Vous ne l'auriez pas vu, ces temps derniers, vous ?

— Pas depuis un moment. La dernière fois, c'était samedi. Il garait sa bagnole de frimeur quand on partait au stade.

— Samedi ? Vous êtes sûr ? À quelle heure ?

— Évidemment que je suis sûr ! L'ASM jouait à huit heures… Il devait être six heures, six heures et demie. Pas plus. On part toujours en avance, le temps de trouver une place pour se garer.

— Vous l'avez juste vu arriver ? Vous n'avez rien remarqué d'autre ?

— Eh, on ne se parle plus, alors… Attends, si : il est descendu comme s'il avait le feu au cul, sans même la fermer à clé, sa bagnole. Il avait un vieux sac de sport bleu. Mais un vieux truc, tu sais, moche, là, comme on en faisait dans les années soixante.

— Mon sac !

— Il faut vraiment que tu y tiennes, à une horreur pareille !

— Et après ?

— Quoi, après ?

— Quand vous êtes revenus de votre match, elle était encore là, la voiture ?

Il prit un temps, puis :

— Non. T'as raison, elle n'y était plus, puisqu'on a pris sa place.

— Il était quelle heure ?

— Je ne sais pas, moi… Dix heures et demie, onze heures moins le quart, peut-être.

— Bon. Merci, monsieur. Sans le vouloir, vous m'avez bien aidé… Je vais y aller, moi.

— Si j'ai pu te rendre service, tant mieux. Au revoir, mon gars !

Je n'avais plus rien à faire là pour aujourd'hui. Par contre j'allais attendre que la coiffeuse sorte du boulot. Deux ou trois petites choses à lui demander, à celle-là.

En attendant dix-neuf heures, je décidai de faire la manche. Mes poches commençaient à se vider dangereusement. Je pris place sur les marches de la cathédrale. De là, je pouvais surveiller toute la rue des Gras. À cinq minutes de partir, le couvercle de ma boîte à camembert s'était joliment rempli. À part le grand Johnny accompagné d'une copine et de deux chiens, je ne croisai personne de connaissance cet après-midi-là. Ni Jean-Pierre, ni l'inspecteur Fabri, à mon grand regret. Tant pis, j'attendrais le lendemain. Bien sûr, j'aurais pu me rendre à Pélissier afin de l'informer de mes dernières trouvailles, mais avant que je foute les pieds dans un commissariat, de l'eau coulera sous les ponts.

Sylvie Clayeux sortit à dix-neuf heures pile. Je me glissai à son niveau et lui demandai doucement :

— Bonsoir… On peut causer cinq minutes ?

En confiance depuis le déjeuner, elle m'adressa un léger sourire en répondant :

— Si vous voulez… Vous avez du nouveau ?

— Peut-être. Tout dépend de ce que vous allez m'apprendre.

Elle sembla étonnée. Nous nous engouffrâmes dans le premier bar venu, en bas de la rue. Impatiente, elle insista :

— Alors ?

Je contournai sa question par une autre :

— Dites-moi, à quelle heure êtes-vous rentrée chez vous, samedi dernier ?

Eh bien, vers sept heures et demie, je suppose… Je suis sortie du salon à sept heures, comme tous les samedis, et j'ai dû m'arrêter acheter du pain… Ah oui, j'ai aussi acheté des gâteaux puisque j'allais dîner chez mes parents.

— Vous êtes quand même passée par chez vous ?

— Bien sûr ! Pourquoi me demandez-vous ça ?

Sans lui répondre, je continuai :

— Et vous n'avez rien trouvé d'anormal ?

— Comment ça ?

— J'ai rencontré tantôt votre voisin du dessus. Il m'a appris des choses intéressantes.

— Le père Larcher ? Il ne peut pas nous blairer ! Je ne sais pas pourquoi, d'ailleurs. Que vous a-t-il raconté ?

Moi je croyais savoir pourquoi il ne les aimait pas. Ou plutôt pourquoi il n'aimait pas son mari. Mais je gardai ça pour moi :

— Il m'a tout simplement dit qu'il avait vu votre mari samedi après cinq heures. Il rentrait chez vous. Avec mon sac !

— Mais…

— Enfin, il ne l'a vu que descendre de sa voiture et ouvrir la porte de l'immeuble. Eux partaient voir un match de rugby.

— C'est étrange, en effet, parce que si Pascal est passé à la maison, il n'en a laissé aucune trace. Il ne manque rien, chez nous. Ni sa brosse à dents, ni son rasoir… pas même un slip de rechange !

— Il n'est quand même pas passé pour rien ?

— Je ne sais pas quoi vous dire. À part que vous m'avez encore plus inquiétée… Je vous jure que je ne l'ai pas revu ce soir-là ! Ou alors, il est juste descendu à la cave pour prendre quelques bouteilles. Il le fait souvent, quand il prévoit une bringue chez des copains… ou une copine ! Là, j'avoue ne pas avoir vérifié. Je descendrai voir, tout à l'heure. Je vous tiens au courant demain.

Elle avait l'air sincère. Je ne pus que la laisser filer. Il était temps que je rentre chez Dimitri afin de lui exposer tout ce que j'avais appris dans la journée. Son œil extérieur m'apporterait sans doute quelques réponses. Du moins, je l'espérais.

Dimitri, je le trouvai endormi dans son fauteuil envahi de chats. Le mien aussi était occupé par deux greffiers lovés l'un contre l'autre. Je les chassai le plus doucement possible et pris place en regardant dormir mon ami. Parce qu'il ne somnolait pas. Le doux ronflement régulier de sa respiration témoignait même d'un sommeil profond. Les courtes nuits que je lui faisais passer avec mes histoires y étaient sûrement pour beaucoup. Après quelques minutes, je me levai pour aller quérir le vin blanc et deux verres. Ce ne fut que quand je posai la bouteille sur la petite table qu'il ouvrit un œil :

— Désolé, je m'étais assoupi…

Il chassa en douceur Figaro de sur ses genoux et se pencha pour faire le service :

— C'est qu'à mon âge, les sorties deviennent fatigantes.

— Ah bon ? Tu es sorti ?

— Oui. Oh, pas bien loin. Je suis allé jusqu'à ma charcuterie du boulevard Lavoisier. J'avais envie de saucisson… D'ailleurs, ce soir, c'est assiette anglaise. Ensuite, je suis passé voir mes vieux copains qui faisaient un tarot au bistrot à côté. Il était temps que je rentre : j'ai eu l'impression de faire dix kilomètres !

— Préviens-moi, dans ces cas-là, que je puisse t'accompagner.

— Je ne suis pas impotent, encore ! Et ça m'a pris comme ça. De toute façon, tu avais autre chose à faire… Alors, cette journée ?

Je lui détaillai par le menu tout ce que j'avais fait. Sans rien omettre. Il m'écouta religieusement, puis :

— C'est étrange, ce passage éclair chez lui, quand même.

— C'est le point de ma journée qui te paraît le plus troublant ?

— Oui, pourquoi ?

— Je ne sais pas… Ton avis compte beaucoup pour moi. Tu n'es que spectateur, après tout. Un spectateur avisé, en plus. Moi, ce qui m'a semblé le plus bizarre, c'est d'apprendre d'où il venait, le Clayeux.

— Pourquoi ? Il fallait bien qu'il soit de quelque part, ton voleur.

— Quand même ! Véreaux, à une portée de fusil de Sagonne. De Sancoins, aussi. Là où je passe tous mes étés depuis des années. Tu ne trouves pas ça fort de café ?

— Pas plus que ça… Le hasard, mon gars, sûrement. Ne perds pas ton temps avec cette… anomalie. Non, ce qu'il serait bon de découvrir, c'est ce qu'il est venu faire chez lui samedi dernier. J'insiste !

— Peut-être que sa femme a raison. Il est sans doute juste venu se servir dans la cave…

— Avec ton argent, il aurait pu s'en payer des dizaines, de bonnes bouteilles… Non, je n'y crois pas. Et puis pourquoi aurait-il trimballé ton sac ? Il suffisait qu'il l'enferme dans le coffre de sa bagnole.

— Écoute, on discute dans le vide, là. J'en saurai plus demain matin. Sylvie va vérifier s'il manque des bouteilles ou autre chose, dans sa cave.

— Tu l'appelles par son prénom, maintenant ? Fais gaffe ! Moi, je ne l'ai pas encore totalement dédouanée. Allez viens, on va manger !

Il avait eu le temps, avant de s'endormir, de disposer tout un assortiment de belle charcutaille de pays dans un grand plat en faïence. Chacun de nous dévorait en silence sur de belles tranches de pain de campagne. Après avoir avalé un verre de rouge, je revins à la charge avec mon idée qui commençait à faire son chemin :

— Il est du Berry, le grand Pascal… Et si on avait des connaissances communes, là-bas ? Je n'arrive pas à trouver le lien, mais je sens qu'il y a quelque chose à creuser de ce côté…

— Justement, tu ne vois pas le lien. C'est sans doute qu'il n'y en a pas ! Quand bien même t'aurait-il croisé, il ne pouvait pas savoir ce qu'il y avait dans ton sac ! Qui est au courant, pour ton sac, là-bas ?

— À part Rose, Ferdinand et Solange, personne !

— Eh bien tu vois !

— Non, je ne vois rien ! C'est là le problème.

— En parlant de Rose, tu me continues ton histoire ? Peut-être que ça nous éclairera ?

— Si tu veux, tout à l'heure, au café. Mais en quoi veux-tu que ça nous éclaire ?

— Laisse-moi en juger par moi-même.

13

Une fois calés dans nos fauteuils avec un bon café odorant pour soi-disant ne pas s'endormir, je pouvais reprendre mon histoire avec Rose. De bien doux souvenirs ! Comme je ne savais pas à quel moment Dimitri s'était endormi la dernière fois, je dus faire appel à sa mémoire :

— À quel endroit de l'histoire as-tu lâché l'affaire, la dernière fois ?

— Eh ! Je ne faisais que somnoler !

— C'est ça, oui… Alors ?

— Vous arriviez au petit déjeuner. Il ne s'était toujours rien passé de définitif, selon toi.

— Bon, voilà : tu dormais bien ! Je te racontais que nous étions allés passer la journée à Saint-Amand. Rose voulait faire les boutiques et avait rendez-vous avec une copine de classe. Une qui était avec elle au CET. Je te passe l'épisode du disquaire, on s'en fout un peu. On est donc allés attendre son amie à la terrasse de la Rotonde, lieu incontournable pour un rencard à Saint-Amand. Quand je l'ai vue arriver, la copine, j'ai compris qu'elle n'était pas restée chaste, elle. Elle était enceinte jusqu'aux yeux ! Une fois les présentations faites : « Léon, je te présente Nathalie, Nathalie, je te présente Léon », les filles commencèrent à évoquer leurs pas si vieux souvenirs de classe. C'est qu'elles se suivaient depuis longtemps. Elles s'étaient connues au collège à Sancoins, puis avaient suivi la même filière à Saint-Amand. Ensuite, on a eu droit à toutes les phases de sa grossesse. D'abord les nausées, ensuite les envies et maintenant l'impatience d'arriver à terme. Elle nous guida ensuite vers un petit resto dans le centre. Là, elle nous parla de son mari tout neuf, de son bonheur… Enfin, les banalités d'usage, quoi. Quand elles se séparèrent sur le trottoir, je poussai intérieurement un ouf de soulagement. Je commençais à m'ennuyer ferme. Rose me proposa alors d'aller au cinéma…

Dimitri m'interrompit :

— Comment l'as-tu appelée, la copine ?

— Nathalie. Je t'ai juste dit Nathalie. Je ne connais pas son nom…

— Ouais… Et tu l'as revue, depuis ?

— Ah non ! Jamais. Pourquoi ?

— Rien… Une idée, comme ça.

— Eh bien vas-y, donne-la-moi, ton idée !

— Comment m'as-tu dit qu'elle s'appelait, la sœur de ton voleur, tout à l'heure ?

Mine de rien, il écoutait vraiment bien ce que je racontais, mon ami. Il dut voir mon état d'ébahissement car il eut son petit sourire narquois. Et moi, pourquoi n'avais-je pas fait le rapprochement ?

— Nathalie… Je t'ai dit qu'elle s'appelait Nathalie. Le voilà, le lien ! Mais oui !

— On ne s'affole pas ! Sans doute un hasard, encore. Bon, allez, continue.

Continuer, il en avait de bonnes, lui. Maintenant, cette bizarrerie allait me tourner dans la tête toute la nuit. Peut-être avait-il raison ? Encore un hasard. J'en aurais le cœur net demain, mais d'ici là…

J'essayais bien de revoir sa tête, à la copine, mais l'image restait vague. Je me souvenais juste l'avoir trouvée jolie malgré son état avancé de gestation. Je m'étais fait cette réflexion pendant que les deux amies péroraient. Mais son visage, impossible de me le remémorer. J'allais être obligé dès demain matin de poser une question à la coiffeuse, qui devrait lui paraître pour le moins incongrue.

Comme je restais plongé dans mes pensées, Dimitri me relança :

— Alors, c'est pour aujourd'hui ou pour demain ?

— Excuse-moi… Je pensais à un truc, pour être sûr.

— Oui ?

— Je vais demander à Sylvie si par hasard elle n'aurait pas une photo de sa belle-sœur à me montrer. Elle va trouver ça bizarre, mais tant pis. Au moins, j'en aurai le cœur net !

— Bonne idée… Bon, alors, la suite ?

— La suite, oui… On est allé au cinoche. C'est moi qui ai choisi le film. C'était *MASH*, et je me suis bien marré. Il y avait une éternité que je n'avais pas foutu les pieds dans un cinéma. Rose, elle, n'en vit pas grand-chose, du film. Elle passa son temps à me regarder, collée contre mon épaule. Sans doute pour me faire plaisir, elle me dit en sortant qu'elle l'avait trouvé super, mon film.

« Enfin, on est rentré à Sagonne. Les deux autres nous attendaient avec sur leur visage une expression de satisfaction non feinte. Ils devaient encore s'imaginer un tas de trucs qui me feraient rester ici pour de bon. On leur raconta notre journée… Enfin, Rose leur raconta. Moi, sans oser me l'avouer, je nageais en plein bonheur, juste voilé par cette impression d'avoir manqué durant tout ce temps une vie d'homme normal. Nuage vite dissipé en me disant aussi que cette vie que j'avais fuie n'était sans doute plus faite pour moi, à la longue. En plus, j'avais toujours en tête ma quête, à cette époque ; plus que jamais !.. Si je te détaille à ce point cette journée, c'est pour que tu en ressentes bien le climat, pour que tu ne me poses pas de questions concernant la suite. La présence continuelle de Rose à mes côtés, les idées qui tourbillonnaient dans ma tête sur ce que j'allais faire ou ne pas faire, ont sûrement déclenché ce qui s'est passé dans la soirée. Comme tu as dû le comprendre, j'étais ce jour-là en pleine confusion. Je pense, avec le recul, que c'est à ce moment précis que j'ai compris que j'aimais Rose plus que tout !

— Mais Sandrine, ta femme, la vraie, dans tout ça ?

— Ma femme, ma fille, j'y pensais tous les jours ! Mais avec plus de tendresse que d'amour. Jamais je n'avais ressenti la même chose avec Sandrine qu'avec Rose. Et ma gamine, je ne l'avais jamais vue…

— Ouais… Alors, cette fin de journée ?

Je le trouvais bien impatient, Dimitri. Bon, d'accord, je le promenais un peu. Mais je me promenais aussi, dans mes souvenirs. Et je n'arrivais toujours pas à revoir le visage de la fameuse copine. Malgré moi, je continuais à chercher à quoi elle pouvait bien ressembler. J'allais enfin abréger l'agacement à peine voilé de mon ami :

— Alors, alors… Tu attends du croustillant, peut-être ? Eh bien, tu vas être servi, cette fois ! Rose, elle m'a rejoint au fenil vers onze heures, ce soir-là. Elle avait sous le bras son petit lecteur de K7. Elle s'est allongée à mes côtés, en me proposant de me faire écouter ses acquisitions du matin. En silence, nous avons passé le *Tommy* des Who. Belle découverte pour moi. Puis on est passé à Janis Joplin. Là, elle s'est serrée un peu plus contre moi. Ses mains ont commencé à parcourir mon corps en tous sens. J'étais un peu tétanisé. Sentant faiblir mes réticences, elle se contenta de murmurer « Laisse-toi aller ! » au creux de mon oreille. La suite, je la garde pour moi. Sache simplement que *Summertime* reste la chanson que je pourrais écouter en boucle avec une infinie tendresse. D'ailleurs, j'ai longtemps rejeté la faute de cet instant sur Janis. Sa voix m'avait comme électrisé, envoûté.

« Rose resta toute la nuit avec moi. On ne s'endormit que sur les coups de cinq heures du matin, si bien qu'on ne se pointa au petit déjeuner que vers dix heures. Rien de grave, puisqu'on était dimanche. Pour la première fois, elle ne repartit pas le soir pour rejoindre son petit appartement, mais le lundi matin de bonne heure, directement à son travail. Elle revint même le mercredi soir, à notre grande surprise, pour repartir dès le lendemain matin. Elle procéda de la sorte jusqu'à ses vacances, à partir du 15 août. Trois semaines pendant lesquelles elle ne me lâcha pas d'une semelle. Bizarrement, elle ne me parlait pas de mon départ, cette année-là. Ce ne fut que début octobre qu'on commença à évoquer le sujet. Un dimanche soir, elle me demanda avec un détachement de circonstance où j'allais passer l'hiver. Je répondis évasivement dans le Sud. Elle dit alors d'une toute petite voix : « Et si tu restais ? », puis, avant que j'aie le temps d'ajouter quoi que ce soit : « Non, excuse-moi, je dis n'importe quoi ! »

« Pour essayer d'atténuer la tristesse que je lisais dans ses yeux, je lui rappelai ma quête. Je voulais moi aussi me persuader que je ne serais jamais heureux si je ne respectais pas jusqu'au bout la sanction que je m'étais volontairement infligée. Je suis reparti quinze jours plus tard, en semaine, pendant qu'elle n'était pas là. Le cœur gros, bien sûr, avec cette fois non plus l'espoir qu'elle m'oublie, mais la crainte qu'elle me remplace pendant cette longue absence. Quand je suis revenu en avril de l'année suivante, je suis arrivé un vendredi. L'accueil de mes paysans d'amis fut comme d'habitude chaleureux. Quand, sur le soir, j'entendis le ronronnement de la 2 CV emplir la cour, mon cœur se serra. Dès qu'elle ouvrit la porte pour se jeter sur moi, je sus qu'elle m'attendrait jusqu'au bout ! La preuve : elle m'attend encore.

Dimitri semblait dubitatif quant à ma dernière affirmation :

— Quand même, ce ne fut sans doute pas facile pour elle tous les jours !

— À qui le dis-tu ! Les premières années, autant nos retrouvailles étaient intenses, autant nos séparations étaient déchirantes. Je l'ai même surprise une fois à essayer de me suivre, avec sa petite bagnole. Mais elle avait dû changer d'avis, puisque dès Moulins, je ne la vis plus dans le rétro du camion qui m'avait chargé. Le pire, je crois, ce fut cette année. Elle me serina plusieurs fois qu'elle commençait à vieillir, qu'il serait temps que je mette un terme à ma peine. « Encore deux ans ! » me contentais-je de lui répondre à chaque fois… Aujourd'hui, je ne sais plus. Je ne sais plus où j'en suis, ni ce que je dois faire. Tout dépendra si je retrouve ou non mon sac. Et quand bien même, si je suis revenu à mon point de départ, à quoi bon insister ? Peut-être qu'elle est là, mon expiation ? Avoir espéré tout ce temps pour rien…

— Tu es bien amer, d'un seul coup ! Ça ne te ressemble pas. On va bien le retrouver, ton sac. Il n'a pas disparu comme ça dans la nature, ton voleur. Je ne le sens pas assez malin pour ça.

— Ah, tu crois ? Regarde, moi, j'ai bien disparu sans que jamais personne ne me retrouve ! Et sans avoir rien prémédité ! Alors que lui, si ça se trouve, il préparait son coup depuis longtemps.

— Je ne pense pas… Et puis, le vrai coupable n'est peut-être pas celui qu'on croit. Enfin, je ne veux pas interférer sur votre enquête, à toi et à ton flic. On verra bien si la suite me donne raison.

— C'est pas mon flic, je t'ai déjà dit ! Et je ne comprends rien à ce que tu dis…

— Tant mieux ! Je te dis que je ne veux pas vous influencer de quelque manière que ce soit. On en reparlera demain soir, avec ce que la journée vous aura révélé. Ou pas… Bon, je tombe de sommeil, là. À demain, Léon !

Je ne me le fis pas dire deux fois. Moi aussi, j'avais besoin de me retrouver seul. Mais le sommeil peinait à me gagner. Je revivais sans cesse cette scène, là-bas, à Saint-Amand, pour revoir le visage de la copine de Rose. Sans succès. Cette idée que Rose soit impliquée dans cette affaire m'insupportait au plus haut point. Je n'avais qu'une hâte : être à demain matin afin de lever pour de bon cette hypothèse.

Je finis quand même par m'endormir, mais ma nuit fut envahie de cauchemars où je voyais Rose m'arracher mon sac avec un rictus que je ne lui connaissais pas. Dès cinq heures du matin, je me levai, me préparai le plus soigneusement possible, et pris la direction du boulevard Berthelot.

14

Un vent piquant renforçait l'impression de froid, surtout en remontant la rue Blatin. J'avais relevé le col de mon vieux manteau, offert l'hiver dernier par Dimitri. Un des siens, pas un neuf... Il avait raison, Dimitri : la journée devait être déterminante, ou pas. L'hypothèse négative, je n'osais même pas y penser, quoi que je découvre. De toute façon, au point où j'en étais, je ne m'attendais à rien de réjouissant.

Première déception en arrivant à la croisée du boulevard : la petite Renault 5 orange n'était pas réapparue. Je poussai jusqu'au bas de l'avenue Joseph-Claussat : elle ne s'y trouvait pas non plus. La voisine devait avoir obtenu plusieurs jours de congé. Pourtant, j'aurais bien aimé qu'elle m'éclaire, elle aussi. D'abord, elle me propose son aide, en émettant des doutes sur le comportement de Sylvie Clayeux, puis elle disparaît. Bon, il est vrai que mon histoire ne doit pas beaucoup l'intéresser, et qu'elle avait sans doute prévu son escapade de longue date. Il ne me restait plus qu'à attendre ma coiffeuse dans le froid, en espérant que le voisin du premier soit déjà parti bosser. Je n'avais rien à lui demander, ce matin, et je n'avais pas envie de lui faire la conversation. Il n'était que six heures et demie, et l'envie d'un café me taraudait. J'avais vu l'enseigne du petit bar-tabac de l'avenue allumée, tout à l'heure. J'allai m'installer au comptoir, me mêlant aux deux clients déjà sur place. Mon voisin lisait *La Montagne*. Quand le patron revint derrière son zinc après avoir servi quelques journaux et paquets de cigarettes, le lecteur commenta :

— T'as vu, Pierrot, le mec à la bagnole jaune qui venait le matin chercher ses clopes, il est dans le canard…

Le mec à la bagnole jaune ? Instinctivement je jetai un œil sur le journal ouvert pour y découvrir le portrait de Pascal Clayeux dans la colonne des faits divers, surmonté du titre « Disparition ». Le petit article sous la photo se contentait de relater que personne n'avait vu le disparu depuis samedi dernier. Suivait un numéro de téléphone, certainement celui du commissariat. Là, il faudrait que l'inspecteur Fabri m'explique. Je ne comprenais pas la démarche. Enfin, je n'étais pas flic, moi.

Le patron répondit à mon voisin :

— J'ai vu, oui. Et je m'en fous. Pas une grosse perte… C'est un drôle de gazier, celui-là ! Jamais ni bonjour ni merde, pas même s'il vous plaît ou merci, quand il venait chercher ses clopes. Alors, il peut être parti où il veut, je m'en tape !

Décidément, il n'avait pas bonne presse, mon voleur. Le lecteur du journal se contenta de hocher la tête en signe d'acquiescement et passa à la page suivante. J'avalai mon café, le réglai, dérogeai à ma ligne de conduite en achetant un paquet de Gauloises et repartit à mon poste de guet.

À peine avais-je allumé ma première cigarette que la porte du 8 s'ouvrit. La coiffeuse ne sembla même pas surprise de me voir. Après l'avoir saluée, j'y allai de ma première question incongrue de la journée :

— Avant que vous ne partiez bosser, puis-je vous demander quelque chose ?

— Dites toujours…

— Auriez-vous par hasard une photo de votre belle-sœur ?

Elle me regarda comme si je venais de lui demander la lune :

— Sûrement, oui… Mais pourquoi ?

— Je vous expliquerai. Pouvez-vous me la montrer ?

— Venez !

Elle m'invita à la suivre chez elle. Je pris place dans la cuisine tandis qu'elle furetait dans une commode du salon. Elle revint avec un album, tira une chaise à mes côtés et l'ouvrit :

— C'est l'album photos de mon mariage… Elle est là, la belle-sœur !

Au deuxième rang, juste derrière son frère. Je ne distinguais pas bien son visage, mais il me semblait quand même la reconnaître. Je voulais être sûr :

— Vous en avez d'autres ?

Sans répondre, elle tourna plusieurs pages, s'arrêtant sur un couple attablé au repas de noce :

— C'est elle, Nathalie, là, avec mon beau-frère.

Elle dut me voir blanchir, car sa question fusa :

— Vous la connaissez ?

Je m'entendis répondre :

— Oh, que oui !

— Mais comment ?

Je ne répondis pas directement, posant une autre question :

— Connaissez-vous certains de ses amis ?

— Non… Enfin, on en a sûrement croisé en se promenant dans Saint-Amand.

Elle avait vraiment l'air surprise de mes questions. J'insistai :

— Une certaine Rose, ça ne vous dit rien ?

— Non, rien du tout. Voulez-vous un café ? Parce qu'après, je n'aurai sans doute pas le temps de m'arrêter au bar.

— Volontiers… Dites-moi, il y a longtemps que vous l'avez vue, votre belle-sœur ?

— Non. Enfin, un peu quand même. Au mois d'août, on est allées passer trois jours ensemble… Mais Pascal, lui, y est allé tout seul, un samedi. Moi, je travaille le samedi. Il est allé à l'anniversaire de ma nièce… Il n'avait que ça à faire, depuis qu'il s'était fait lourder.

Elle avait prononcé la dernière phrase avec dépit. Il fallait qu'on ne perde pas le fil :

— Il y a longtemps ?

— Non. Il y aura un mois demain, je crois. Mais pourquoi toutes ces questions ?

— Je vous dirai tout à l'heure. Vous êtes sûre qu'il n'y est pas retourné ?

Elle me servit un café brûlant, avala un peu du sien avant de répondre :

— Je ne sais pas… En tout cas, il ne m'en a pas parlé. Il fait bien ce qu'il veut de ses journées.

— Ouais… Je pense qu'on tient quelque chose !

Je lui racontai alors dans quelles circonstances j'avais rencontré sa belle-sœur, qui était Rose pour moi, et l'étrange nature de notre pacte. Elle la trouva belle, notre histoire, mais ne put s'empêcher de demander :

— Pourquoi vous infliger une telle épreuve ? Vous pourriez être heureux depuis longtemps, sans ce… cette… Je ne sais même pas comment qualifier ce que vous endurez !

— C'est une longue histoire, que vous comprendriez peut-être… ou pas. J'en voyais presque le bout, pourtant !

— Peut-être un jour me raconterez-vous ? Mais pas là, parce que l'horloge tourne et que je vais finir par être en retard.

Une fois dans la rue, elle me demanda :

— Vous pensez vraiment que votre amie a demandé à Pascal de voler votre sac ?

— Je suis bien obligé d'y penser. J'en saurai plus ce soir, je vous promets !

— Mais alors, il serait dans le Berry ? Non, ça ne tient pas, votre truc…

— Vous avez raison, ça ne tient pas. Ce que je pense, c'est que Rose n'a pas dû dire à votre mari ce que contenait mon sac. Lui, une fois qu'il l'a ouvert, a dû se dire que tout cet argent était inespéré… Et qu'il pouvait se refaire une santé avec.

— Mais pas sans moi !

— Désolé, je pense que si.

On arrivait place de Jaude quand elle me lança à brûle-pourpoint :

— Ah, autre chose dont je voulais vous parler, mais on n'a pas eu le temps.

Elle ajouta en continuant de marcher, comme si on avait un train à prendre :

— Remarquez, je ne sais pas si ça a un rapport avec votre affaire…

— Dites toujours !

Je m'étais arrêté afin de mieux juger du bien-fondé de ses révélations. Elle ne serait pas en retard : on était à trois minutes de son salon qui n'ouvrait que dans plus d'une demi-heure. Elle me fit face pour continuer :

— Mercredi soir, mon téléphone a sonné. Je me suis précipitée à la première sonnerie, pensant que c'était Pascal. Je commençais déjà à être inquiète, vous comprenez ?

— Oui, et alors ?

— Alors, j'ai crié : « Allô, Pascal ? » Pas de réponse ! Quelques secondes sont passées avant qu'on ne raccroche. Je me suis retrouvée avec la tonalité.

— Mouais…

— Attendez, c'est pas fini ! Hier soir, à la même heure à peu près, nouvelle sonnerie. Je décroche, en disant un simple

« Allô ? ». Toujours pas de réponse, et là, on a raccroché dès qu'on a entendu le son de ma voix, à l'autre bout.

— C'est tout ?

— Oui… mais c'est agaçant !

— Je comprends. Sans doute quelqu'un qui vous sait seule et qui vous fait une farce de mauvais goût. Si ça recommence ce soir, décrochez sans rien dire, votre interlocuteur finira bien par parler…

— Il faut que je le signale à l'inspecteur ?

— Je lui en toucherai deux mots ce matin, mais je ne pense pas que ce soit lié à notre affaire… En parlant de lui, ne soyez pas surprise : il a fait paraître un avis de disparition dans *La Montagne*, concernant votre mari !

— Ah bon ?.. Elles n'ont pas fini de jaser, au salon ! Je vais le constater tout de suite.

Elle reprit sa marche en regardant sa montre. En passant devant la « Maison du Café », elle y aperçut ses collègues, me fit un petit signe de la main et s'engouffra dans le bar.

J'espérais l'avoir convaincue que ces appels anonymes n'étaient pas liés à la disparition de son mari. Moi, j'avais une tout autre idée, en suivant mon raisonnement. Et si c'était Rose qui appelait pour avoir des nouvelles de sa supposée « commande » ? Cette pensée ne m'avait pas lâché de la nuit. Peut-être étais-je complètement à côté ? Dimitri pouvait avoir raison, ce pouvait n'être qu'une coïncidence. J'allais garder ça pour moi encore quelques heures. Au moins jusqu'à ce soir. Quand j'aurais appelé chez Ferdinand, ce soir, j'aurais déjà une idée plus précise. En attendant, pas un mot, même pas à Fabri. Lui, je devais l'attendre dans le petit bar-tabac en haut de la rue des Gras. C'était devenu notre lieu de rendez-vous. Il avait compris mon aversion pour tout ce qui était commissariat, poste de police ou autre gendarmerie… Pour tout ce qui était bâtiment administratif, d'ailleurs.

N'ayant plus personne à surveiller, j'allai me caler au chaud, au fond de la petite salle. Ce qui n'empêcha pas Jean-

Pierre, mon colleur de prunes, de me dénicher. Il tira une chaise à lui et me demanda après un bref bonjour :

— T'as vu le journal ?

— Ouais ! Et je ne sais pas si c'est bien malin !

— Ah ? C'est pas ce que dit Thierry. Il dit que ça le fera peut-être sortir de son trou, le grand Pascal…

— Ou mieux se cacher !

— Mais non ! C'est juste un appel à personne disparue. On n'y parle pas du vol de ton sac. D'après Thierry, il va croire que c'est sa femme qui le recherche… Enfin, tu verras ça avec lui. Il m'a dit qu'il passerait dans la matinée. Et toi, du neuf ?

— Non, pas grand-chose. À part que Sylvie Clayeux reçoit des coups de fil anonymes, rien.

— Ah bon ? Si ça se trouve, c'est son mec.

— Mais non ! Il parlerait, si c'était lui.

— Ouais. T'as sans doute raison. Il faudra en parler avec mon pote… Tiens, le voilà !

L'inspecteur Fabri se dirigeait vers notre table de son allure dégingandée. Il commanda un café au passage et nous salua d'une poignée de mains chacun. Comme si on était de vieux potes. Il affichait un petit sourire satisfait. Il devait avoir du nouveau. Sans nous demander de quoi on discutait avant son arrivée, il entra directement dans le vif du sujet :

— Bon, ça avance, et pas qu'un peu ! On a fait redescendre la Lancia chez nous. Elle a été entièrement examinée. Comme vous devez vous en douter, elle était totalement vide. Mais on a quand même trouvé un truc bizarre…

Content de son petit effet, il attendait qu'on réagisse. Je me contentai d'un simple « Oui ? ».

— Quand on a fait le relevé d'empreintes sur la porte, le volant et le levier de vitesses, on n'en a pas trouvé. Les seules qu'on a décelées se trouvaient sur le coffre et la boîte à gants. C'étaient celles de Clayeux…

— Et alors ?

— Et alors ? Réfléchissez, les gars ! Si on n'a pas trouvé ses empreintes sur les éléments principaux de la bagnole, c'est que quelqu'un les a effacées ! Et si on les a effacées, c'est que c'était pas lui qui conduisait la caisse pour la laisser au Mont-Dore. C'est donc qu'il avait un complice, ou une…

— Ouais… Je ne comprends pas bien la démarche, pour le coup.

— Moi non plus. Mais j'ai autre chose !

Il sortit une feuille pliée en quatre de la poche intérieure de son blouson, le déplia et l'étala sur la table :

— Ça vous dit quelque chose ?

Un portrait crayonné en noir et blanc représentait une jolie jeune femme en buste. Nez fin bien droit, yeux clairs, cheveux mi-longs tombant sur les épaules.

— Jolie… Qui est-ce ?

— C'est le portrait-robot de la jeune fille qui a pris un billet de train au Mont-Dore, dimanche dernier. Sur les indications du guichetier.

— Ouais… Assez anonyme, comme portrait. Il pourrait s'agir de n'importe quelle belle fille croisée dans Clermont. Je vous en trouve au moins dix en une heure ressemblant à votre dessin, si vous voulez.

— Je sais…

— Il ne vous a pas donné d'autres précisions, votre cheminot ? Je ne sais pas, moi, les vêtements qu'elle portait, par exemple !

— Ah, si ! Elle avait un ciré rouge…

— Un ciré rouge ?

Je pris le portrait en mains, le fixai attentivement, puis :

— Ce pourrait être elle, en y réfléchissant bien.

— Elle, qui ?

Sans lui répondre directement, je poursuivis ma réflexion à haute voix :

— La première fois que je l'ai vue, elle portait bien un ciré rouge. Même que j'ai cru que c'était Sylvie Clayeux…

— Mais de qui parlez-vous ?

— De la voisine ! Enfin, de la fille des voisins. Ceux du haut… L'infirmière, ou aide-soignante, je ne sais pas bien. Quand j'ai commencé à surveiller l'immeuble, je suis tombé sur elle, le premier soir.

— Oui, et ?

Je leur racontai alors comment elle m'avait proposé son aide, après m'avoir fait une description peu flatteuse de ses voisins du rez-de-chaussée. Puis comment elle m'avait abandonné en disparaissant depuis presque deux jours. Je leur parlai aussi de mon entrevue avec le voisin, puis du fait que Sylvie était persuadée qu'elle couchait avec son mari. Fabri semblait vexé :

— Vous auriez pu m'en parler avant, de tout ça ! Enfin, c'est pas grave, on va aller l'interroger.

— Elle n'est pas là…

— Comment ça ?

— Je vous ai dit qu'elle était partie en week-end. Ce matin, elle n'était pas revenue : il n'y avait pas sa voiture sur le boulevard.

— Elle a une bagnole, en plus ?

— Oui, une R5 orange. Pourquoi ?

— Non, rien… Enfin si. Si elle a une voiture, pourquoi aurait-elle pris le train au Mont-Dore ?

— J'en sais rien ! C'est vous le flic.

— Ouais, justement… Si elle est complice avec Clayeux et qu'ils voulaient brouiller les pistes, il suffisait qu'elle le suive avec son auto et qu'ils redescendent tranquillement ici… Quelque chose m'échappe, là.

— Surtout que vous venez de nous dire que ce n'était pas Clayeux qui conduisait la Lancia…

— Oui, en plus. On tient sûrement quelque chose, mais il va falloir y mettre de l'ordre.

Jean-Pierre, jusque-là silencieux, donna son avis :

— Tu n'as qu'à aller interroger ses parents. Ils te diront bien où elle est.

— Sûrement pas ! Pour qu'ils la préviennent que je la recherche… Non, on va procéder autrement. Dans quel hôpital travaille-t-elle, m'avez-vous dit ?

— Je ne vous ai rien dit, mais elle officie à la clinique Notre-Dame, sur l'avenue Joseph-Claussat, juste à côté de chez elle.

— Eh bien, c'est là qu'on va aller. Je vous emmène ?

Il s'adressait à moi. J'acceptai l'invitation. Jean-Pierre vaqua à ses occupations tandis qu'on s'engouffrait dans sa voiture de service. Une 305 tellement sale qu'elle se fondait parfaitement dans le décor. Jamais un véhicule banalisé n'avait aussi bien mérité son nom.

L'hôtesse d'accueil de la clinique portait mal son titre. En guise d'accueil, avant que Fabri ait pu dire quoi que ce soit, elle nous signifia que pour les sans-abris, selon son expression, il y avait l'hôpital public. Quand mon flic lui brandit sa carte sous le nez, elle devint écarlate. Il profita de son avantage pour demander :

— Vous avez au sein de votre personnel une certaine Catherine, qui habite à deux pas d'ici, sur le boulevard Lavoisier…

— Ah ? C'est de Catherine Bourat dont vous parlez ? Elle est en repos jusqu'à demain. Elle reprend à treize heures.

— Merci mademoiselle !

Il tourna les talons et se dirigea vers la sortie. Je restai collé à ses basques :

— C'est tout ?

— Oui… Quoi d'autre ? On sait qu'on la retrouvera, au pire demain à midi.

— Et maintenant ?

— Maintenant, on va aller causer au voisin, s'il est là. Celui qui a vu le dernier votre voleur, d'après ce que vous m'avez raconté. Mais d'abord, on va boire un jus : j'ai un coup de fil à passer.

15

L'inspecteur Fabri resta pendu au téléphone du bar au moins dix minutes. Apparemment, il donnait toutes sortes d'instructions, mais il s'était arrangé pour que personne n'entende. De retour à la table, il sucra son café en disant :

— Voilà ! J'ai essayé de parer à la moindre surprise.

— C'est-à-dire ?

— Vous n'aurez plus à faire le pied de grue devant l'immeuble des Clayeux. On s'en charge. D'ici quelques minutes, j'aurai le numéro de la petite Renault. À partir de là, elle sera signalée à toutes les gendarmeries du département... Bon, dépêchez-vous, on va aller rendre visite au voisin du premier, en espérant qu'il soit là...

Une fois dehors, il passa par sa voiture, y ramassa un paquet de cigarettes neuf et l'ouvrit en m'en tendant une. J'étais resté devant la portière tandis qu'il semblait attendre quelque chose, une fesse posée sur son siège. J'allais lui demander ce qu'on faisait là quand sa radio grésilla. C'était le service des cartes grises qui appelait pour lui communiquer l'immatriculation de la R5 orange. Il demanda ensuite son service et donna l'ordre d'informer toutes les autorités du département du signalement de la voiture. Il précisa qu'on devait juste lui signifier sa localisation sans plus intervenir.

Il referma soigneusement l'auto et nous nous dirigeâmes à pied jusque devant le numéro 8. Il appuya vigoureusement sur la sonnette du premier. Après quelques secondes, une fenêtre s'ouvrit et l'amateur de rugby s'écria en nous découvrant :

— Encore les clodos ! Et à deux, maintenant !

Il allait refermer la croisée quand Fabri hurla en exhibant sa carte :

— Police !

L'air complètement décontenancé, l'homme murmura :

— J'arrive.

Il avait dû dévaler les escaliers quatre à quatre, puisqu'il nous ouvrit la porte au bout d'une poignée de secondes. Avant que l'inspecteur ait pu proférer la moindre parole, il se justifia :

— Désolé… Il faut dire que les flics ont une drôle de dégaine, de nos jours ! Que puis-je pour vous ?

Fabri lui demanda si on pouvait discuter tranquillement quelques minutes de ses voisins. Il nous invita alors à monter chez lui, nous fit asseoir dans la cuisine et sortit une bouteille de chardonnay du réfrigérateur. Une fois servi, mon flic lui demanda :

— Pouvez-vous me confirmer que vous avez bien vu monsieur Clayeux rentrer dans l'immeuble samedi dernier, en fin d'après-midi ?

— Je peux ! C'est exactement comme je l'ai dit à votre collègue…

— Euh… Ce n'est pas mon collègue. Lui, c'est un vrai clodo !

Petite mesquinerie gratuite, qu'il sembla regretter aussitôt :

— Ceci dit, il m'est d'une aide précieuse… Pouvez-vous me relater de nouveau cette rencontre ?

— Oh, rencontre, c'est un bien grand mot ! On aurait dit qu'il avait le feu au cul, le Clayeux ! Il a même pas fermé sa bagnole ! Il trimballait une espèce de vieux sac bleu. Vous savez, ces vieux sacs de sport en simili comme on en avait dans les années soixante. Voilà, c'est tout. Après, comme je lui ai dit, à lui, je suis parti au stade.

— Et quand vous êtes revenu, la voiture n'était plus là ?

— Ben non… J'y ai dit aussi, à lui.

— Bien… Vous en pensez quoi, de monsieur Clayeux ?

— Rien… Ils mènent une drôle de vie, les deux. Des fois, lui, on ne le voit pas de trois ou quatre jours. Elle, elle a l'air gentille, mais on se parle pas plus que ça !

— C'est tout ?

— Pfff… J'aime pas dire du mal des gens, mais lui, c'est quand même un sacré frimeur.

— Ah ?

— Oui… Je l'ai déjà vu, en ville, soit avec des mecs dans son genre, à la terrasse des bistrots de Jaude, soit avec des filles… Oui, je l'ai aussi déjà vu avec d'autres filles. Mais bon, ça veut rien dire, hein ?

Fabri ne répondit pas tout de suite. Il avala une gorgée de vin, puis poursuivit :

— Et votre petite voisine du dessus, qu'en pensez-vous ?

Il parut surpris de la question :

— La Catherine ? Ben rien… On la connait depuis qu'elle est gamine. C'est une gentille fille… Enfin…

— Enfin, quoi ?

— Ben… Un peu trop gentille, parfois. Enfin, je voudrais pas qu'on me prenne pour une concierge, mais…

— Personne ne le pense. Si vous avez vu quelque chose, il faut me le dire.

— Ben, voilà : le Clayeux, il lui tournait bien un peu autour, à la Catherine. Et je crois bien qu'il est arrivé à ses fins.

— C'est-à-dire ?

— Plusieurs fois, les après-midi, je les ai vus partir ensemble, dans sa bagnole jaune, pendant que sa femme travaillait, à l'autre.

— Ça ne veut rien dire ! Il pouvait l'emmener pour lui rendre service.

— Elle a sa voiture, non ? Non, si je vous dis ça, c'est que je les voyais revenir, après. Bon, il n'y avait pas de gestes qui pouvaient laisser penser à mal, mais juste la façon dont elle le regardait, on pouvait se douter qu'ils ne venaient pas de jouer à la belote.

— Ouais… Eh bien merci, vous nous avez sans doute fait avancer un peu.

— Si j'ai pu aider… Mais il se passe quoi, au juste ?

— On n'en sait encore trop rien. Mais vous êtes aux premières loges, alors, il vous suffit de continuer à veiller…

Après avoir vidé nos verres, nous prîmes congé. Une fois dehors, Fabri m'invita à le suivre. Nous reprîmes sa vieille auto, et dès qu'il eut demandé par radio s'il y avait du nouveau, il démarra vers le centre-ville.

Nous avons déjeuné dans un petit restaurant de la rue des Minimes, puis il me laissa sur le trottoir, avec la promesse de téléphoner chez Dimitri dès qu'il aurait de nouveaux éléments. Il n'était qu'un peu plus de deux heures de l'après-midi, et le petit vent piquant du matin n'avait pas disparu. Un peu découragé par la tournure des évènements, je ne me sentais plus la force de passer le reste de la journée dans la rue. De plus, j'étais impatient d'arriver à dix-huit heures, d'appeler dans le Berry, pour éclaircir certaines zones d'ombre avec Rose. Je me mis à flâner en direction de la rue Saint-Alyre.

Quand je pénétrai chez Dimitri, il ronflait allègrement, avec sur le nez l'anthologie des textes de Brassens. Il faut dire que depuis la disparition du poète à l'automne dernier, il dévorait le moindre ouvrage qui lui était consacré. Doucement, j'allai préparer deux cafés, chassai les trois chats qui avaient pris place sur mon fauteuil, et le regardai dormir un moment. L'odeur du café sous ses narines dut éveiller ses sens puisqu'il ouvrit un œil :

— Qu'est-ce que tu fais là ?

Je souris et lui narrai ma matinée. Il chassa Figaro de sur ses genoux, posa le livre et trempa ses lèvres dans sa tasse. En la reposant, il dit :

— Fructueuse, votre journée, les gars ! Elle n'a vraiment plus l'air toute blanche, la voisine. Si ça se trouve, vous ne la reverrez pas de sitôt. Ils ont dû se tirer tous les deux, avec ton voleur. Tu vas voir que les flics vont retrouver sa petite voiture abandonnée dans un coin, comme la Lancia.

— Tu crois ?

— Quoi d'autre ? Rien d'autre ne me vient à l'esprit…

— Tu as peut-être raison… ou pas ! Elle est décrite comme une gentille fille, et je ne pense pas qu'elle puisse abandonner ses parents âgés et presque impotents, puisqu'ils ne quittent jamais leur appartement. Et puis elle m'a eu l'air d'avoir la tête sur les épaules.

— Oh, tu sais, les deux dieux qui guident le monde sont réunis pour qu'elle déraille, la petite : l'amour et le fric ! Alors, tu sais…

On passa le reste de l'après-midi à discuter de choses et d'autres. Je voyais bien que Dimitri faisait des efforts pour me changer les idées, mais plus l'heure fatidique approchait, plus l'image de Rose s'imprimait dans ma rétine. Dès moins cinq, n'y tenant plus, je décrochai le téléphone et composai le numéro de la ferme, là-bas, à Sagonne. Ce fut Ferdinand qui répondit, étonné d'entendre ma voix :

— Léon ? Qui donc que c'est qui t'arrive pour que t'appelles là ? C'est ben la première fois, depuis le temps… Ça va-t-y, mon gars ?

— Bonjour Ferdinand. Oui, ça va, ne t'inquiète pas. C'est juste que je voulais demander quelque chose à Rose. Elle est rentrée ?

— Non, pas encore. Elle devrait pas tarder. Elle aussi, elle est bizarre, ceux temps-là !

— Qu'est-ce que tu veux dire ?

— Ben, on la voit presque plus. Elle arrive, elle mange, et pis elle s'enferme dans sa chambre… Elle regarde même plus la télé ! Et pis samedi et dimanche derniers, elle était tout le temps partie. Et elle est rentrée à point d'heure ! Et pis elle nous cause presque plus, non plus.

— C'est étrange, effectivement. Ce n'est pas dans ses habitudes…

— Hein ? Tu vois ? T'auras qu'à y demander, toi, parce que nous, on n'ose pas.

— Il y a longtemps qu'elle se comporte ainsi ?

— Oh, y'a ben trois semaines, à présent… Mais déjà, dès que t'es parti, y'a deux mois, elle était pas comme avant.

— Ouais… Bon, je vais rappeler dans un moment. Mais surtout, ne lui dis pas que j'ai déjà téléphoné.

— Comme tu voudras, mon gars.

Ce que m'avait décrit Ferdinand me confortait dans mon idée. J'en fis part à Dimitri. Perplexe, il pensa à haute voix :

— Il y a quand même quelque chose qui m'échappe… Si la voisine et le Clayeux t'ont embourbé ton sac, je ne vois pas comment ta Rose peut être mêlée à tout ça. Surtout comme tu me l'as présentée.

— Moi, j'ai bien peur de comprendre… Mais je préfère attendre de l'avoir eue au téléphone.

Je sortis mon paquet de Gauloises de ma poche, en tendis une à mon ami, et nous nous mîmes à fumer pour tromper l'attente. Six heures vingt. Je recomposai le numéro. Ferdinand décrocha tout de suite. Il murmura :

— Elle vient d'arriver. Je te l'appelle.

Je l'entendis hurler : « Rose, c'est pour toi ! », et j'entendis Rose répondre : « J'arrive ! »

Après quelques bruits incongrus, elle demanda de sa douce voix, avec un fond d'angoisse perceptible :

— Allô, oui ?

— Bonjour, Rose. C'est moi, Léon.

— Ah… Bonjour… Justement, je cherchais à te joindre…

— Ah bon ?

— Oui…

— Pourquoi ?

— Parce qu'il faut que je te voie… C'est important ! Je peux venir demain, à Clermont ?

— J'allais te le proposer. Mais comment sais-tu que je suis à Clermont ?

— Je le sais, c'est tout. J'ai toujours su où tu étais, depuis toujours ! Mais je t'expliquerai demain.

— Comme tu veux… Mais ce n'est pas pour ça que je t'appelais. Dis-moi, connais-tu un certain Pascal Clayeux ?

Un silence à l'autre bout, juste la respiration oppressée de ma bien-aimée, puis :

— Oui… C'est le frère de ma copine Nathalie. Tu te souviens ?

— Vaguement, oui… C'est de lui dont je voulais te parler.

— Je m'en doute… Je pourrai tout t'expliquer demain… Non, ne dis rien, je t'ai dit demain ! Mais là, je suis inquiète : je n'ai aucune nouvelle de lui. Se serait-il fait prendre ?

— Malheureusement, non. Il aurait sans doute mieux valu. Mais…

— Non, attends, je vais venir dès ce soir. De toute façon, je ne pourrai pas dormir, et je présume que tu ne pourras pas non plus !

— Mais tu dois être fatiguée, non ? Demain suffira…

— Je t'ai dit que je partais tout de suite ! Je te passe Ferdinand…

— Mais tu ne sais même pas…

— Si, je sais ! Chez monsieur Dimitri. Où, ailleurs ?

— Bon…

La voix de Ferdinand au bout du fil :

— Bon quoi ? Tu peux m'expliquer ce qui se passe ?

— Ah, c'est toi ? Rose vient me rejoindre dès ce soir, ici, à Clermont. Rien de grave, je te rassure. Juste une mise au point. Je pense que je reviendrai avec elle. Et je te dirai tout.

— Quelle vie que vous menez, les deux ! Enfin, si tu reviens avec elle, ça fait au moins une bonne nouvelle !

— Oui, si on veut. Allez, à plus tard, Ferdinand.

En reposant doucement le combiné, je demandai doucement à Dimitri :

— Dis-moi, tu la connais, Rose ?

Il se renfrogna, vexé :

— Mis à part à travers tes histoires, non, je ne la connais pas.

— Alors comment se fait-il qu'elle débarque directement ici, dans moins de trois heures ?

— Elle a dû te suivre, un jour… Ou mieux, te faire suivre. Ou alors, tu parles dans ton sommeil… Que sais-je, moi ?

— Ouais. En tous cas, elle arrive ! Je vais peut-être enfin comprendre ce qu'il lui a pris.

— Disons que tu vas savoir. Comprendre, c'est autre chose, et j'avoue que je ne vois pas non plus la raison d'une telle folie après tant d'années. Je suis impatient, moi aussi. Tiens, pour tromper l'attente, je vais nous préparer à manger. Une bonne soupe au lard, ça te dit ?

— Pas faim, pour l'instant. J'ai comme un nœud, là. Dis, tu pourrais me prêter une paire de ciseaux et un rasoir ?

Il me regarda, étonné, puis accéda à ma demande :

— Dans le cabinet de toilette. Il y a tout ce qu'il faut derrière le miroir, au-dessus du lavabo.

Il régnait un joyeux bric-à-brac dans sa minuscule salle d'eau. Je finis par dégoter ce que je cherchais. Je commençai par tailler ma barbe au plus ras. Ensuite, je me servis de son blaireau pour savonner ce qu'il restait de poils. Enfin, à l'aide de son coupe-chou, je me rasai le visage au plus près. Le résultat me fit frémir. Il y avait plus de quinze ans que je ne m'étais pas vu avec une telle allure. Pour compléter le résultat, je brossai mes cheveux, les ramenai en une queue de cheval et les attachai avec un vieil élastique dégoté au fond d'un des tiroirs. Inconsciemment, en agissant ainsi, je venais de tirer un trait sur ma longue vie d'errance.

16

En me voyant revenir à la cuisine, Dimitri n'eut pas l'air plus surpris que ça :

— Je m'en doutais…

— Tu te doutais de quoi ?

— De ton abandon. Depuis quelques jours, déjà, je le sentais. Avec tout ce que tu m'as confié ces derniers jours, chose que tu n'avais jamais faite avant, je savais que tu allais rentrer dans le rang.

— Rentrer dans le rang ? Même si je le voulais, jamais je ne pourrais. Je te rappelle que je n'existe même pas !.. Non, j'ai juste décidé d'arrêter de faire la manche… À quoi bon, maintenant ?

— C'est à cause de l'argent du sac, hein ? Tous tes efforts réduits à néant…

— Je m'en fous, de l'argent ! Il n'était même pas pour moi… Et ce n'étaient en rien des efforts. C'était juste la peine que je m'étais infligée. Cet argent, personne n'en profitera, voilà, c'est tout !

— Sauf Clayeux et sa copine, s'ils passent à travers les mailles du filet.

— Ouais… Rien n'est moins sûr.

Malgré la douce odeur de soupe paysanne qui embaumait toute la pièce, je n'avais pas faim. Le nœud qui me tordait l'estomac n'avait pas disparu. Dimitri sembla lire dans mes pensées :

— On l'attend pour manger, si je comprends bien ?

— Oui, c'est ça. On l'attend.

— Un petit chardonnay, pour patienter ?

— Ah ça oui, je veux bien !

En sirotant mon verre, je me mis à penser à haute voix :

— Je ne comprends pas. Si elle a eu l'air catastrophé de la disparition de Clayeux, Rose n'a même pas fait allusion au vol de mon sac. Elle savait pourtant l'importance que j'y accordais, elle.

— Elle doit avoir ses raisons… Tes tortures vont bientôt cesser, elle ne devrait plus tarder.

Le silence s'installa, seulement troublé par le bruit des assiettes et des couverts que mon ami disposait sur la table. Il prit ensuite place sur sa chaise et nous attendîmes. Alors que j'allais allumer une cinquième cigarette, de légers coups, comme des effleurements, résonnèrent contre la porte. Dimitri se leva et, de son pas lourd, alla ouvrir. Quand je la vis s'encadrer dans l'embrasure de la porte de la cuisine, je fus troublé par sa pâleur. Je n'avais pas bougé de ma chaise. Elle n'osait pas entrer plus avant. Elle murmura :

— Bonjour…

En la fixant droit dans les yeux, je répliquai :

— Bonsoir, Rose.

Dimitri avait senti la gêne. Il l'invita à se débarrasser de son manteau et à venir prendre place autour de la table. Après avoir remis la soupe à réchauffer à feu doux, il lui proposa un verre de vin qu'elle accepta. Mal à l'aise, elle ne tenait pas en place sur sa chaise. Enfin, elle se décida, voyant que je n'allais pas détendre l'atmosphère :

— Bon, je suis désolée, Léon, mais je n'ai trouvé que ce moyen pour que toute cette attente cesse. Depuis ton dernier départ, je cherchais le moyen de te faire revenir définitivement... L'idée m'est venue il y a quinze jours, en rendant visite à ma copine Martine.

Je sortis enfin de mon mutisme :

— Mais pourquoi comme ça ? Il suffisait qu'on en parle !

— On en a parlé mille fois, Léon. Sans que ça ne change rien ! Tu allais aller au bout de ton délire. Encore deux ans, ce n'était plus possible. C'est qu'il y a urgence, aujourd'hui.

Elle s'arrêta de parler pour voir si j'allais réagir. Comme je restais muet, elle poursuivit en baissant la tête :

— Je suis enceinte, Léon. Je ne le sais que depuis un mois. Je ne savais pas comment te l'annoncer, alors...

— Il aurait peut-être suffi que tu m'appelles, ou que tu viennes me le dire, puisque tu savais où j'étais. J'aurais pris mes responsabilités !

Elle s'enflamma, tout d'un coup :

— Ah oui ? Comme la première fois ?

Elle me vit blanchir, se reprit :

— Désolée. Je ne voulais pas dire ça...

— Mais tu l'as dit.

— Oui, et alors ? Je vais t'en parler, de la première fois, tiens !.. Non, tu me laisses te raconter comment j'en suis arrivée là ! Après, tu pourras faire ce que tu voudras. D'abord, sache que j'ai toujours su où tu étais. Enfin, presque. Depuis que j'ai eu le droit de conduire. La première année, j'ai laissé tomber à Moulins. Mais dès la suivante, je t'ai filé jusqu'à ta destination, sans que tu n'y voies rien. Mieux que ça, même, je suis déjà venue ici, certains dimanches. Pas pour t'espionner, hein ? Non, juste pour être près de toi... Je sais, c'est bête ! Mais bon... Je n'ai pas fait que ça, rassure-toi ! Au début, ton idée de quête, de rédemption, je trouvais ça noble, courageux. Mais au fil des années, j'ai commencé à réaliser l'absurdité de ta démarche… Non, attends encore… Alors, je me suis renseignée sur ta famille parisienne. Enfin, famille… Sais-tu pourquoi ta femme a déménagé, il y a cinq ans ?

— Non…

— Ce n'est pas pour avoir un appartement plus grand. Enfin, pas toute seule. Elle vit avec un chirurgien de l'hôpital Saint-Antoine, qui a fait un frère à ta fille… Ah, tiens, parlons-en, de ta fille. Tu sais où elle se trouve, à l'heure qu'il est ? Elle est à Londres. Elle étudie dans une des plus chics écoles anglaises. Je ne sais pas ce que sa mère lui a raconté à ton sujet, mais elle n'a pas l'air de te chercher. C'est une jeune fille parfaitement heureuse…

— Mais comment ?

— Comment ? En bonne paysanne que je suis, je ne suis pas restée les deux pieds dans le même sabot ! J'en ai passé, des week-ends à Paris ! Pour en revenir à ta fille, je ne crois pas que les quelques millions de centimes que tu lui destinais lui soient profitables. Comment voulais-tu les lui faire parvenir ? avec un courrier qui dirait « Coucou, c'est papa, voilà un peu d'argent pour compenser dix-huit ans d'absence » ? Je ne crois pas qu'elle en ait besoin. Tu risques juste de la perturber, avec tes sous… Remarque, je comprends toujours ta démarche. Le problème, c'est que tu es resté bloqué en soixante-sept. Avec ton idée fixe. Il fallait à tout prix que je te réveille. Te prendre ton sac était pour moi la seule solution. La seule erreur que j'ai commise fut de ne pas le faire moi-même…

Comme j'étais tétanisé et que je ne savais plus quoi dire, elle poursuivit :

— C'est le hasard qui m'a servi. J'y ai vu comme un signe de chance. Il y a trois semaines, comme je te l'ai dit, j'avais rendez-vous chez Nathalie, mon amie que tu connais. Il n'y avait qu'elle que j'avais mise au courant de mon état. Alors qu'on s'apprêtait à aller faire les boutiques, son frère a débarqué à l'improviste. Il ne venait pas pour rien. Il venait lui emprunter de l'argent. Moi, de son frère, je n'avais que le vague souvenir d'un gamin qu'elle emmenait parfois au marché à Sancoins, l'été. Et je n'en savais que ce qu'elle m'en avait dit, quand on causait de choses et d'autres. Qu'il était marié, qu'il travaillait comme garçon de café ici, à Clermont, mais c'était tout. Ce jour-là, il a dit à sa sœur qu'il avait perdu son emploi, et que quelques milliers de francs l'aideraient bien en attendant qu'il trouve autre chose…

— Il vous a dit comment il avait perdu son boulot ?

— Non…

— Il tapait dans la caisse ! Voilà comment ! Et toi…

— Comment pouvais-je savoir ? Moi, j'ai vu arriver un grand beau gars dans sa belle voiture jaune, alors… Quand sa sœur lui a dit qu'elle ne pouvait rien pour lui, que ses fins de mois étaient au moins aussi difficiles que les siennes, je me suis bien entendu proposé de l'aider. Je lui ai dit que s'il me rendait un petit service, je pourrais largement le dépanner. Je lui ai alors confié pour mission de récupérer ton sac. Je lui ai décrit l'endroit, je lui ai même indiqué le jour, sachant que le samedi, ton immeuble était à peu près vide. Il devait prendre le sac sans l'ouvrir et me le ramener dès le dimanche matin à la Rotonde, à Saint-Amand. Comme prétexte, j'ai avancé que tu m'avais pris ce sac, et que je ne voulais pas mêler la police à tout ça, pour que tu n'aies pas d'ennuis.

— Franchement, tu croyais qu'il n'allait pas l'ouvrir, le sac ?

— Il m'avait l'air de confiance. Et puis sa sœur était là, alors… Bon, laisse-moi continuer. Le dimanche, personne au rendez-vous. Le soir, j'ai essayé d'appeler chez lui : ça sonnait dans le vide. Le lendemain, de mon boulot, j'ai appelé Nathalie pour savoir si elle avait eu des nouvelles. Elle était bien embêtée de ne pas en avoir. Là, elle m'a quand même confié que son frère n'était pas un saint. J'ai réessayé trois fois d'appeler chez lui, depuis… Deux fois, ce doit être sa femme qui a décroché. J'ai reposé le combiné sans rien dire. Et puis à midi, Nathalie m'a appelée au boulot pour me dire que sa belle-sœur lui avait téléphoné pour lui annoncer que Pascal faisait l'objet d'un avis de recherche dans le journal… Voilà, c'est tout !

— C'est déjà pas mal…

— Quand tu m'as appelée, tout à l'heure, je croyais que c'était pour m'annoncer qu'on l'avait arrêté… Tu vas me dénoncer, Léon ?

— Je ne sais pas… Je ne crois pas, non. Mais lui, si les flics l'attrapent…

— Tu crois qu'ils vont le retrouver ?

— Je pense, oui.

Je lui racontai où en était l'enquête, depuis la Lancia retrouvée au Mont-Dore, jusqu'à la voisine disparue depuis deux jours et qui était apparemment sa maîtresse. Je conclus en disant :

— Quand on la retrouvera, elle, il ne sera sans doute pas loin derrière.

Dimitri nous proposa de passer à table. On mangea la soupe dans un silence de cathédrale, puis on passa dans le salon. Personne ne savait que dire. Mon ami nous prépara du café. Pendant que je feuilletais machinalement une revue, Rose, calée dans l'autre fauteuil, caressait Figaro venu se lover sur elle. Au moment où Dimitri revenait chargé de son plateau, le téléphone sonna. Il posa précautionneusement son plateau sur la table basse et alla décrocher. Après un « Allô » laconique, il me tendit le combiné :

— Tiens, c'est ton flic…

En m'extrayant péniblement de mon fauteuil, j'apostrophai mon ami :

— Je t'ai déjà dit que… Peu importe ! Oui, allô ?

Dans la voix de Fabri, à l'autre bout du fil, je sentis une excitation, à l'encontre de son flegme habituel :

— Les deux hommes que j'ai mis en planque boulevard Berthelot viennent de m'informer que ça bougeait. Ça vous intéresse ?

— Bien sûr, mais…

— Je passe vous prendre dans une dizaine de minutes !

— Pourquoi ? Vous avez besoin de moi ?

— Non. Mais je me suis dit que vous aimeriez être aux avant-postes. Je fais ça parce que je vous aime bien… Alors ?

— Bon, d'accord !

— À tout de suite !

Il raccrocha. Je restai un moment avec le téléphone à la main, perplexe. Je sentais mon rythme cardiaque qui s'était un peu accéléré. Je reposai l'appareil sur son support. Dimitri demanda d'un ton impatient :

— Alors ?

— Alors, ses hommes lui ont signalé des faits nouveaux devant chez les Clayeux. Il ne m'a rien dit de plus. Il veut que je l'accompagne. Il sera là dans pas longtemps.

J'allais récupérer mon manteau quand Rose demanda :

— Puis-je venir aussi ?

— Si tu veux… Mais il risque de trouver ça bizarre, l'inspecteur, non ?

— Je m'en fiche ! Je veux rester près de toi !

Elle se leva, endossa son manteau, prit son petit sac et sortit sur mes talons. Dans l'encoignure de la porte, elle se risqua à se blottir contre moi. Je ne fis rien pour la repousser. Je me contentai de lui dire :

— Tu sais, quel que soit le cataclysme que tu aies déclenché, quelle que soit ma déception quand tu m'as avoué ce que tu avais projeté, sache que je t'aime plus que tout. Plus que Sandrine, qui n'était somme toute qu'un amour de jeunesse. Ce qui me chagrine le plus, c'est que tu aies pu douter de moi face à… ta situation. Bien sûr que je vais l'assumer, cet enfant. Mieux que ça, même : je vais l'aimer !

Elle leva des yeux pleins de larmes vers moi, ne répondit pas directement, s'en sortant par une pirouette :

— Tu es beau comme ça, bien rasé et les cheveux attachés.

Elle n'eut pas le temps d'en dire plus. La 305 de l'inspecteur pilait devant nous. Il ouvrit la portière passager avant, étonné :

— Qui est-ce ?

— C'est ma compagne, venue passer le week-end. Elle veut nous accompagner.

— Eh bien qu'elle monte !

Sitôt en place, Fabri me regarda, amusé :

— C'est pour elle que vous vous êtes fait beau ?

— Non. Rose ne m'a jamais vu comme ça. Disons que j'ai décidé de tout changer. Radicalement. Et j'ai pensé à ça, en premier. Reprendre figure humaine.

Il acquiesça, puis revint à l'affaire :

— Mes deux gars m'ont signalé une Acadiane qui s'était garée pile devant la porte du numéro 8…

— Une Acadiane ? C'est quoi, ça ?

— C'est une Dyane Citroën, mais en camionnette. Mais on s'en fout, de ça. Devinez qui en a débarqué ?

— Clayeux ?

— Non, désolé. Juste votre copine au ciré rouge…

— Hé, c'est pas ma copine !

— C'est une façon de parler. Donc, notre aide-soignante accompagnée d'un type plutôt costaud, inconnu au bataillon. D'après le service des cartes grises, la voiture appartient à un certain Eric Dessart, domicilié aux Ancizes. Inconnu lui aussi.

— Alors, ils ont fait quoi, vos gars ?

— Ils m'ont prévenu, c'est tout. Que vouliez-vous qu'ils fassent ? Vous avez vu l'heure ? Le temps qu'ils réagissent, les deux autres s'étaient engouffrés dans l'immeuble. Lui portait un grand sac. Mais désolé, ce n'était pas le vôtre. Ils ont vu la lumière du couloir s'allumer, puis s'éteindre. Par contre, aucune autre ne s'est allumée dans les étages. Seulement, par le soupirail de la cave, il y en a une qui brille, de lumière.

— Et ?

— Et depuis, rien ! Mais on arrive…

Une place était disponible juste devant l'annexe du garage Estager, là où j'avais débuté ma surveillance quelques jours auparavant.

17

Tout était calme, sur le boulevard. À part deux ou trois passants, rien n'avait bougé depuis que nous étions arrivés, il y avait presque une heure de ça. Il était maintenant presque deux heures du matin. Je commençais à m'impatienter :

— Si ça se trouve, ils sont montés se coucher… On peut poireauter un moment !

Fabri avait retrouvé son flegme :

— Pas possible. Ils ne seraient pas montés dans le noir. La cage d'escalier est restée éteinte.

— Avec une lampe de poche, peut-être ?

— Pourquoi ? Et ils auraient oublié d'éteindre la cave ? Non, ils sont toujours en bas.

— Alors je me demande ce qu'ils peuvent bien y faire !

— Elle a peut-être fait comme vous. Elle peut l'avoir aménagée, sa cave.

— Dans quel but ? Elle a une chambre là-haut, elle.

— Il vous faut un dessin ? Pour faire un baisodrome, tiens ! Désolé, mademoiselle.

Rose sourit, sans répondre. Pas moi :

— Eh ben alors, on n'est pas sortis… C'est bien ce que je disais !

L'inspecteur, pour meubler le temps qui s'écoulait, continua :

— De toute façon, on est parés pour toute éventualité. J'ai fait garer un panier à salade en haut de la rue Blatin, avec quatre hommes supplémentaires, au cas où.

— Au cas où quoi ?

— Je ne sais pas… Je ne la sens pas, votre affaire !

Ce fut ce moment précis que choisit la lumière de la cage d'escalier pour se rallumer. Fabri se saisit du micro de sa radio pour avertir :

— Attention, les gars, ça bouge !

La porte d'entrée s'ouvrit. Un grand gaillard costaud apparut, qui cala ladite porte avec un morceau de carton pour qu'elle tienne ouverte. Ensuite, il sortit et ouvrit en grand les deux battants arrière de la petite camionnette. Puis il repartit vers le hall d'entrée. L'inspecteur, fébrile, lança un ordre :

— Fournier et Galand, sortez de votre caisse et postez-vous un derrière chaque arbre autour de la bagnole. Et prenez vos flingues à la main, on ne sait jamais !

Ils s'exécutèrent avec une maîtrise étonnante. On en voyait un aux aguets, prêt à intervenir. L'autre était vraiment bien camouflé. Le temps qui passait nous semblait une éternité. Enfin, on vit apparaître le dos courbé du grand gaillard. Il semblait traîner quelque chose avec peine. Il trébucha en reculant à cause de la marche qui menait au trottoir. Il reprit son fardeau et continua péniblement. D'où nous étions, nous distinguions assez mal la nature de ce qu'il transportait. On aurait dit un gros sac poubelle, du genre sac à gravats. Enfin apparut à l'autre bout Catherine, le visage complètement défait de fatigue et d'inquiétude. Ce fut l'instant que choisit

Fabri pour sortir précipitamment de la voiture en nous ordonnant :

— Restez là !

Les deux hommes aux aguets comprirent la manœuvre et se découvrirent à leur tour, pistolet en main. De surprise, l'homme laissa encore échapper son gros sac. La jeune femme tenta de retourner à l'intérieur, mais un des deux flics s'était déjà encadré dans la porte. J'actionnai la manivelle de la vitre afin d'essayer d'entendre ce qui allait se dire. L'inspecteur arrivait de son pas nonchalant devant l'homme, encore courbé. Je crus l'entendre demander :

— Bonsoir, monsieur. Qu'est-ce que vous transportez, là-dedans ?

Je ne compris pas entièrement la réponse, seulement « gravats »…

— À deux heures du matin ? Vous vous foutez de moi ?.. Fournier, ouvrez-moi ça !

L'homme tenta alors de s'enfuir, stoppé dans son élan par le long bras de Fabri qui le saisit par l'arrière de son col. La jeune femme, elle, ne bougeait pas, pétrifiée. D'où nous étions, nous ne pouvions pas distinguer ce qu'ils avaient découvert en éventrant le sac. Mais au vu de la tête du dénommé Fournier, ce ne devait pas être beau à voir. Par contre, j'entendis distinctement mon flic ordonner à l'homme resté devant la porte :

— Passe-lui les menottes, à elle, et va chercher les autres.

Ensuite, ledit Fournier se chargea de l'homme en lui repliant les mains derrière le dos pour la même sanction. Toute cette agitation avait fait surgir de la lumière au rez-de-chaussée et au premier étage. Pourtant, l'opération n'avait pas duré plus de deux minutes. Alors que Fabri revenait vers nous, les volets des deux appartements s'ouvrirent. Si le voisin du dessus observa en silence, Sylvie Clayeux, le visage ensommeillé, demanda :

— Mais qu'est-ce qui se passe ?

Fabri s'arrêta au milieu de la route :

— Si vous pouviez revêtir quelque chose et venir nous rejoindre, madame Clayeux, je crois qu'on va avoir besoin de vous…

En silence, elle referma le volet et disparut. L'inspecteur ouvrit sa portière, donna quelques ordres par radio, puis m'intima de le suivre tout en recommandant à Rose de ne pas bouger.

Quand elle me vit arriver, la jeune femme entravée me regarda haineusement et sortit de son mutisme en criant :

— C'est de votre faute, tout ça ! À vous et à votre putain de sac !

Le rictus qui déformait son visage me laissa interdit. On était loin de la gentille voisine qui voulait me venir en aide. Je m'étais arrêté au bord du trottoir, autant effrayé par sa saillie que par ce que Fabri proposait de me faire découvrir. Il me poussa doucement dans le dos et se baissa afin d'écarter le sac éventré. J'avais eu raison d'avoir peur. Un homme couvert de givre, complètement recroquevillé, gisait là, tel un objet qu'on emmenait à la décharge. J'avais la gorge nouée, incapable de prononcer le moindre mot. L'inspecteur allait me parler quand surgit Sylvie Clayeux dans l'encadrement de la porte. Elle se rua vers nous, bousculant au passage l'inspecteur Fournier et Catherine Bourat. Fabri eut le bon réflexe en la saisissant aux épaules avant qu'elle ne s'effondre. Elle hurla :

— C'est pas vrai ! C'est pas possible…

Puis elle se laissa glisser en larmes contre l'épaule du flic, prévenant. Lui, pour couper court à toute suite incontrôlable, ordonna à son subordonné :

— Fous-moi ça dans le panier à salade… Qu'on les emmène à Pélissier. Toi, tu reviens, j'ai encore besoin de toi.

Après, s'adressant à la coiffeuse :

— Je peux vous lâcher ?

Elle renifla, s'écarta de lui et alla s'asseoir sur la marche de l'entrée. Elle se remit à pleurer, en hoquetant entre chaque sanglot :

— Pourquoi ?.. Pourquoi ?

Fabri, gêné, répondit :

— On ne le sait pas encore, mais je vous jure que dès demain, on saura.

Je sentais une rage contenue dans ses propos. Je n'osais rien demander. Pourtant, puisque la voisine avait fait allusion à mon sac, j'aurais bien aimé savoir. Un début de réponse me fut apporté par le deuxième inspecteur qui remontait de la cave :

— Ils l'avaient foutu dans le congélateur, ces tarés !

Sylvie Clayeux redoubla de sanglots. L'inspecteur, enfin conscient de sa présence, balbutia :

— Excusez-moi.

Fabri répliqua :

— On s'en doutait un peu, vu l'état… Qu'as-tu découvert d'autre ?

— Rien qui puisse nous intéresser. Un rayonnage plein de bocaux de conserve, un vélo de fille, et quelques cartons pleins de vieilles fringues. C'est tout.

— Pas de sac ?

— Non.

— Bon, encore un mystère à élucider.

Puis, se tournant vers moi :

— Désolé, mon vieux. Vous pouvez aller m'attendre dans la voiture. Je vais descendre constater moi-même, en attendant les gars de l'identité judiciaire. Ce ne sera pas long.

Tandis que je m'en retournais, je le vis qui parlait à la pauvre Sylvie, toujours effondrée. Ils disparurent tous les deux dans l'immeuble.

Relevant la tête, je pus constater que tout le quartier était en ébullition. Les lumières brillaient à tous les étages des immeubles avoisinants, et même certains s'étaient mis à leur fenêtre pour profiter du spectacle. Dégoûté, je m'engouffrai à l'arrière de la voiture, à côté de Rose. Elle était d'une pâleur à faire peur. Elle ne posa qu'une question :

— C'est lui ?

— Oui.

À son tour, elle éclata en sanglots :

— C'est de ma faute ! Je suis désolée, Léon !

Elle se laissa glisser contre moi. Ayant quelque peu retrouvé mes esprits, je lui conseillai :

— Il faut te reprendre, Rose. Ne pas laisser penser que tu es à l'origine de tout ça. Tu ne pouvais pas prévoir… Personne ne pouvait prévoir de telles conséquences.

Elle renifla, sortit un mouchoir de son sac, leva sur moi un regard de chien battu :

— T'es un vrai gentil, toi, Léon.

Un silence religieux s'installa dans l'auto, que je n'osais pas rompre. Pourtant, une question me brûlait les lèvres. Comme l'inspecteur tardait à revenir, je murmurai doucement, avec précaution :

— Dis-moi, Rose…

Elle répondit dans un souffle, sans me regarder :

— Oui ?

— Si ton plan avait réussi, comment me l'aurais-tu annoncé ?

— Je te l'ai dit, tout à l'heure, chez ton ami… Je voulais te faire sortir de ton obsession, c'est tout. Après, je ne sais pas comment j'aurais fait. J'aurais improvisé, je crois. Dis-toi bien que tout ça est parti d'un coup de folie… Un hasard… Si le frère de Nathalie n'était pas venu ce jour-là, je crois que l'idée de te voler ton sac ne m'aurait même pas effleurée. De toute façon, je te l'aurais rendu, le sac. Que veux-tu que j'en fasse ?

— Ouais… En attendant, il est toujours dans la nature, le sac.

Elle leva les yeux sur moi, semblant hésiter à poursuivre. Puis, décidée :

— Que vas-tu en faire, maintenant, de ton sac, si on le retrouve ?

— Je ne sais pas. Pour l'instant, je ne suis sûr que d'une chose : je vais repartir avec toi. Avec le sac ou les mains vides. Je veux veiller sur toi et sur le petit qui va venir. Depuis le temps que Ferdinand me tanne pour que je reste ! Je ne veux pas faire deux fois la même erreur. Tu sais, tu aurais pu m'en parler plus tôt, de tes escapades à Paris. On aurait peut-être évité tout ça…

— J'aurais bien aimé, mais je ne savais pas comment aborder le sujet… J'avais peur que tu ne comprennes pas ma démarche. Pire même, que tu me rejettes. Tu me vois te dire : « Ta femme et ta fille t'ont complètement rayé de leur vie, elles sont on ne peut plus heureuses et n'ont surtout pas besoin de toi » ? Je n'ai pas pu. Pourtant, ça aurait été la seule manière de le faire, puisque c'est vrai. Si j'avais osé, l'électrochoc que je voulais provoquer aurait sans doute fonctionné. Mais voilà…

J'allais répondre quand la portière de la voiture s'ouvrit. Fabri prit place derrière le volant et démarra :

— Allez les enfants ! Au lit, maintenant. Je vous tiendrai au courant demain matin. Parce que pour moi, elle va être blanche, la nuit !

— Mais…

Ne vous inquiétez pas. Je vous aime bien, je vous l'ai dit. Alors je vais faire une chose que je n'ai encore jamais faite : je vais enregistrer l'interrogatoire de la demoiselle. Discrètement, bien sûr. Et on en reparle demain. Parce qu'il me reste bien des points à élucider. Et surtout, retrouver votre sac !

— Oui, mais…

— Quoi encore ? Au moment où on parle, je ne sais pas grand-chose de plus que vous. Je suis monté jusque chez elle.

Ses parents, les pauvres gens, étaient complètement abasourdis, quand mes gars ont commencé à fouiller leur logement de fond en comble. Ah si, une chose, mais je ne sais pas si ça peut vous intéresser : son complice n'est autre que son frère ! Une photo des deux trônait sur une commode, dans la salle à manger. Là encore, il va falloir une bonne nuit d'interrogatoire pour savoir ce qu'il foutait là. Parce que selon ses parents, c'est un brave homme, qui travaille aux aciéries, marié et père de famille. Il va me falloir démêler tout ça.

La voiture avait stoppé devant la porte d'entrée de mon immeuble. On prit congé, puis on monta chez Dimitri pour le tenir au courant du drame qu'on venait de vivre. On le trouva endormi dans son fauteuil, ronflant plus fort que le ronronnement de Figaro et de ses congénères. Ce fut Rose qui le réveilla en se cognant l'orteil dans le pied de la table. Il ouvrit un œil :

— Ah, c'est vous, les enfants ? Alors, ce sac ?

— Aucune nouvelle… Par contre, on a retrouvé le grand Pascal.

— Ah…

Je n'avais pas vu ma tête en lui annonçant la nouvelle, ni fait attention au ton que j'avais pris. Par contre, je voyais à la sienne que je n'apportais pas de bonnes nouvelles. Je continuai :

— Oui, enfin, ce sont les flics qui l'ont retrouvé. Mort… Complètement raide ! C'est rien de le dire.

— Non ?

— Et si…

Et de lui raconter avec force détails le mauvais début de nuit que nous venions de passer. La première réflexion de Dimitri fut pour Rose :

— Au moins, maintenant qu'il est mort, il ne pourra plus dénoncer la petite… Mais comment ?

— On n'en sait pas plus que toi ! Je l'ai juste vu tout plié dans son sac poubelle, complètement gelé. C'est tout ! Le reste, j'espère qu'on le saura demain, quand Fabri viendra nous voir. Il me l'a promis.

— Quand même ! La voisine ! Qui aurait pu dire ? Tout ça pour un peu d'argent... Dans un congélateur, en plus. C'est machiavélique !

— Un peu... Huit millions, quand même ! Ça peut faire tourner la tête à n'importe qui.

— Oui, mais de là à tuer ! Ce devait être elle, la complice, et elle n'a pas dû vouloir partager.

— On n'en sait rien, je te dis... Mais moi, je ne le pense pas. Je vois plutôt ça comme un mauvais concours de circonstance. Il n'avait besoin de personne pour piquer un sac et l'emmener directement à Saint-Amand. Le problème, c'est qu'il fallait qu'il s'occupe jusqu'au lendemain, jusqu'au rendez-vous avec Rose. Et il a ouvert le sac. Sans vouloir dire du mal d'un mort, il n'avait pas l'air bien malin, le Pascal. Il a fait la tournée des grands ducs avec mon sac, on le sait. Après, quand il est rentré chez lui, il a dû croiser sa voisine. Complètement bourré, sûrement... Là, je ne sais pas ce qui s'est passé, mais j'imagine : il devait être si saoul qu'il a fait un coma éthylique, et Catherine Bourat en a profité pour lui piquer le sac. Parce que malgré le regard haineux qu'elle m'a lancé tout à l'heure, je n'arrive pas à la voir en meurtrière...

Dimitri me regarda avec un demi-sourire :

— Oui, ça pourrait se tenir... mais ça m'étonnerait. Tu te plais à voir les choses comme ça parce que tu es trop gentil, toi. Prêt à excuser tout le monde. La vérité, à mon avis, est bien plus sordide. Mais bon, on tire des plans sur la comète, là. Si on allait dormir ? On y verra plus clair dans quelques heures...

On allait sortir quand il nous interpella :

— Restez là ! Je vous ai préparé ma chambre, pendant votre absence. Moi, je vais prendre les deux fauteuils.

— Mais non...

— Mais si ! Allez, au lit, les gamins !

18

La nuit fut épouvantable. Si dès les premières minutes j'avais réussi à m'assoupir, Rose blottie au creux de mon épaule, je fus vite réveillé par les douces secousses de ses sanglots. Elle essayait bien de pleurer en silence, pour ne pas me déranger. Peine perdue. J'étais avec elle, complètement. J'ai bougé, je l'ai serrée plus fort. Elle m'a fait un pauvre sourire avant de hoqueter :

— Désolée, je t'empêche de dormir. Mais moi, je n'y arrive pas. Quand je pense que sans moi…

— J'y pense aussi. Mais tu n'es pas la seule fautive. C'est avant tout à cause de moi que tout est arrivé. Si je ne m'étais pas obstiné dans cette quête stupide !.. Si, c'était devenu stupide, tu as eu raison, quand tu me l'as jeté à la figure. Je n'arrête pas d'y penser. Je crois que je me cachais derrière par facilité. Par lâcheté, même.

— N'exagère pas, Léon ! Si c'est pour me déculpabiliser…

— Non, Rose. C'est la vérité ! J'aurais dû suivre de loin la vie de ceux qui étaient les miens, autrement qu'en vérifiant chaque année dans le nouvel annuaire si elles y étaient encore. Je m'étais fixé cette échéance des dix-huit ans de ma fille sans même savoir comment j'allais pouvoir lui transmettre cet argent. J'ai imaginé mille et une façons… aucune ne me satisfaisait. Je me suis contenté de me dire que je verrais bien le moment venu… Toi, tu as osé. Et tu as eu raison. C'est vrai que je n'ai plus rien à faire dans leur vie. Elles ont fait leur deuil, elles sont heureuses. Tant mieux ! Je n'ai plus le droit de venir les déranger. À moi de faire le mien, de deuil. Tu sais ce que je crois ? Je crois que si j'ai continué à vivre de la même façon depuis toutes ces années, c'est que je n'osais plus affronter la vraie vie de face. Je n'ai fait que me cacher, voilà la vérité !

Elle revint à son idée première :

— Il n'empêche : sans moi, Pascal serait vivant !

— Qu'en sais-tu ? Si ça se trouve, tout ça n'a rien à voir avec mon sac. Il faut attendre l'inspecteur, demain… Si on essayait de dormir, maintenant ?

Elle ne répondit pas. J'ai quand même eu quelques phases de sommeil, toujours entrecoupées par les pleurs de Rose.

Au matin, le jour qui filtrait au travers des volets nous tira du lit. Dimitri, déjà levé, nous avait concocté un petit déjeuner complet. Malgré la bonne odeur de café frais mêlée à celle du pain grillé, nous n'y touchâmes qu'à peine, en nous contentant d'une simple tasse. En silence, chacun passa par un brin de toilette, puis nous prîmes place dans le salon, impatients de voir arriver l'inspecteur Fabri. À onze heures, personne n'avait encore toqué à la porte. On essayait de tromper le temps en feuilletant tout ce qui nous tombait sous la main. Ce n'était pas la matière qui nous manquait. Rose n'avait cessé de caresser machinalement un chat qui n'avait pas quitté ses genoux depuis qu'elle s'était assise. Enfin, à midi moins le quart, on entendit frapper. Dimitri ouvrit la porte et céda le passage à Fabri, un petit sourire accroché aux lèvres, mais les mains vides, à mon grand regret. Il avait dû dormir, lui. Prendre une douche, aussi. La fraîcheur qu'il affichait contrastait avec notre inquiétude et notre impatience perceptibles. Il semblait s'en amuser, ce grand échalas de flic. Il nous salua, prit place dans le dernier fauteuil, puis s'excusa d'avoir un peu tardé à cause des deux heures de sommeil réparateur qu'il s'était accordées. Dimitri lui proposa un café, qu'il accepta. Pendant que mon ami s'affairait dans la cuisine, l'inspecteur énonça d'un ton définitif avec un air satisfait :

— Eh bien voilà ! Encore une affaire rondement menée !

Il commençait à ne plus m'amuser, là. D'un ton renfrogné, je grognai :

— Si vous le dites… Et mon sac ?

Il rit franchement :

— Nous y voilà ! Nous l'avons, votre sac. Il a été inventorié, enregistré comme pièce à conviction, et vous sera restitué à la fin de l'instruction. Il n'y a que ça qui vous intéresse ? Ne souhaitez-vous pas connaître les raisons de tout ce drame ? Parce que c'en est un, croyez-moi !

— Bien sûr que si !

Dimitri revenait avec un plateau chargé de tasses et d'un sucrier. En retournant chercher la cafetière, il demanda :

— Attendez-moi, je ne veux pas en perdre une miette !

Il revint, versa les cafés, et se cala confortablement :

— Vous pouvez y aller !

Fabri tourna lentement son café, semblant chercher par où commencer. Enfin, il se lança :

— Après vous avoir déposés, cette nuit, vous pensez bien que je ne suis pas allé dormir, moi. Je suis retourné directement au commissariat. Là, j'ai demandé qu'on introduise mademoiselle Bourat dans mon bureau. Elle n'en menait pas large. J'ai essayé la méthode douce, en lui demandant juste :

« Si vous me racontiez, maintenant? » Elle ne répondit pas directement, s'inquiétant de savoir où était son frère. Évasivement, je lui répondis qu'on l'auditionnait dans un autre bureau. Elle partit alors dans une longue explication pour le dédouaner. D'après elle, il n'y était pour rien, son frangin. Elle était allée le trouver la veille pour qu'il l'aide simplement à faire disparaître le cadavre de Pascal Clayeux. Elle m'a affirmé qu'il s'était fait tirer l'oreille, mais que le contenu de votre sac avait fini par le convaincre. Si nous n'étions pas intervenus, je pense qu'on ne l'aurait jamais retrouvé, votre voleur.

— Comment ça?

— Elle savait que son frère était en train de construire un garage le long de sa maison neuve. Elle était allée le voir la semaine précédente, alors qu'il n'en était qu'au trou des fondations. Si nous n'avions pas été là, cette nuit, le grand Pascal finissait noyé sous une dalle de béton.

Rose s'exclama:

— Mais c'est horrible!

— Horrible, mais efficace. Elle avait tout prévu, la petite voisine. Tout, sauf votre acharnement. Et le mien. D'ailleurs, je lui fis la même réflexion. Elle m'avoua alors avoir agi dans un état second, depuis quelques jours. Il fallait à tout prix qu'elle débarrasse sa cave de ce corps encombrant, avant que sa mère n'y descende. Elle n'y allait jamais, mais il suffisait d'une fois. Ce qui nous a servi, c'est qu'à aucun moment elle n'a envisagé qu'on la soupçonnait. Elle était persuadée qu'on en avait après Sylvie Clayeux.

— Alors, le frère, vous en avez fait quoi?

— On l'a gardé, bien sûr! Ce ne sont pas les motifs qui manquent. Tentative de dissimulation de cadavre, recel, et même défaut de carte grise… La camionnette qu'ils ont utilisée, il l'avait achetée trois mois auparavant, pour transporter les matériaux dont il avait besoin, sans l'avoir déclarée en préfecture.

Dimitri s'impatienta :

— On s'en fiche un peu, du frère. Ce qui nous intéresse, c'est pourquoi…

— On y vient !

Fabri fouilla dans la poche intérieure de sa grande veste de cuir et en ressortit un petit enregistreur. Je n'en avais jamais vu d'aussi petit. Il le posa sur la table :

— Comme je vous l'avais promis, j'ai enregistré sa déposition, à mademoiselle Bourat. Mais tout ça reste entre nous, hein ?

Nous opinâmes en silence. Il nous conseilla de nous approcher de la table afin de bien tout entendre. Le cercle formé alors laissait penser que nous allions invoquer quelque esprit. Il appuya sur la touche lecture. Après quelques craquements, sa voix sortit du petit appareil, un peu caverneuse :

— À votre place, je ne m'en ferais pas trop pour mon frère. Votre cas me semble bien plus mal engagé. À moins que vous ne niiez les faits…

La voix de la voisine semblait venir de beaucoup plus loin. Elle était en plus chevrotante :

— Je ne nie rien du tout, monsieur… Jamais je n'ai voulu faire de mal à quelqu'un. C'était un accident, c'est tout ! Un bête accident…

— Un accident ? On retrouve un cadavre dans votre congélateur, et vous appelez ça un accident ?

— Oui ! Enfin, non… Il faut que je vous explique.

— Eh bien allez-y !

— Bon, mais il faut que je reprenne tout du début. Il faut que vous sachiez que Pascal et moi, on se voyait… Enfin, qu'on était amants, quoi ! Depuis plus d'un an. Bizarrement, c'est moi qui… Enfin, vous voyez, quoi ! J'étais amoureuse de lui, voilà ! Je sais qu'il n'en valait guère la peine, mais je n'y pouvais rien. Au début, c'était assez furtif. Des petits baisers dans l'escalier, à la dérobée. Puis les choses se sont accélérées. On essayait de faire concorder nos jours de repos pour se retrouver à l'hôtel d'Aigueperse, vers la gare... Un endroit où on ne pose pas de question et où on peut louer des chambres à l'heure. Là, on a commencé à faire des projets. Enfin moi, surtout. Lui semblait parfois se prendre au jeu, en rajoutant qu'on avait le temps. On est même partis en week-end. Deux fois. Une fois à Paris, une autre à Genève. Là, j'ai vraiment cru que je tenais le bon bout. Mais il y a quelques semaines, il a perdu son boulot. On a bien continué à se voir, mais je le sentais distant, préoccupé. J'ai tenté de lui remonter le moral en lui disant que c'était peut-être le moment de tirer un trait, de partir tous les deux afin de recommencer à zéro. J'étais prête, moi. Pas lui... Sans me contredire, il m'a juste dit qu'il fallait prendre notre temps. Voilà... Après, il y a eu samedi dernier...

— Bien. Si vous me racontiez ce fameux samedi ?

— Attendez ! On s'était vus le mercredi d'avant, à notre hôtel. On s'était donné rendez-vous au même endroit, le samedi à trois heures. J'y suis allée, et j'ai attendu jusqu'à quatre heures. Ensuite, je suis rentrée chez moi. Je l'ai guetté à ma fenêtre, en pleurant. Aussi, quand j'ai vu sa voiture se ranger sur le trottoir, j'ai dévalé les escaliers quatre à quatre. Arrivée en bas, je l'ai vu qui essayait de déverrouiller la porte qui menait à la cave. Sans vraiment y parvenir. Il s'est retourné en disant juste : « Ah ! T'es là, toi ! » Il puait la vinasse à dix mètres. Sans répondre, je lui ai pris ses clés et je lui ai ouvert. Il restait là, un sourire béat aux lèvres, à me regarder faire. Je lui ai alors demandé pourquoi il n'était pas venu à notre rendez-vous. Il m'a répondu qu'il avait autre chose de plus important à faire, et que nos rendez-vous, ils n'étaient là que pour passer le temps, pour ne pas s'ennuyer. Je lui ai répondu qu'il était complètement bourré, qu'il ne savait même pas ce qu'il disait. Il m'a alors ri au nez, en ouvrant avec difficulté une espèce de vieux sac bleu, d'où tombèrent quelques billets de banque. Le sac en était rempli. En se baissant pour ramasser les coupures qui étaient tombées, il m'a dit d'un ton moqueur :

« — Tu crois pas que ça, c'est plus important qu'une partie de jambes en l'air ?

« Je crois qu'à ce moment-là j'ai blanchi. Ce dont je suis sûre, c'est que je ne me sentais vraiment pas bien. Il osait réduire notre amour à une simple partie de jambes en l'air. Je me souviens le lui avoir demandé. Il m'a répondu en ricanant :

« — Qu'est-ce que tu crois, ma pauvre fille ?

« Il m'a brandi son sac sous le nez en disant qu'avec ça, il allait commencer une nouvelle vie… Je me rappelle parfaitement de ses paroles :

« — Avec ça, on va prendre un nouveau départ ! Ailleurs… Tiens, à la campagne, par exemple.

« Il avait dit « on ». Je lui ai répondu que je voulais bien. Il a encore rigolé :

« — Mais ça va pas, non ? C'est pas avec toi que je vais partir. C'est avec Sylvie ! On va bien trouver un bled pour qu'elle s'ouvre un petit salon. Et moi, je vais faire bistrot ! Ce sera facile, il y a des bleds qui ne demandent que ça ! T'as entendu parler de la désertification des villages ? On va être accueilli à bras ouverts !

« Là, j'ai juste baissé la tête en murmurant :

« — Et moi ?

« Il m'a regardée comme si j'étais une folle :

« — T'as rien compris ! Toi, je m'en fous ! C'était juste pour passer un bon moment de temps en temps… T'es pas mal, tu trouveras bien quelqu'un d'autre… Allez, laisse-moi passer !

« Je n'ai pas bougé. J'étais devant la porte. Pour essayer de comprendre, pour me persuader qu'il parlait comme ça parce qu'il était soûl, je lui ai demandé :

« — Alors qu'est-ce que tu fais là, avec tout cet argent ? Tu vas le mettre au frais ?

« Il a encore eu ce petit sourire :

« — Qu'est-ce que ça peut te foutre ? Je vais mettre ma part à l'abri… Demain, je vais donner sa part à mon associé, et la semaine prochaine, basta ! On se casse !.. Allez, dégage !

« Il a essayé de me pousser. Je l'ai retenu par la manche de son blouson. Il a tourné pour se dégager de mon emprise, et là, je n'ai pas compris… Il a glissé sur la première marche et il est tombé. Jusqu'en bas !

— Vous êtes sûre que ça s'est passé comme ça ? Vous ne l'avez pas poussé ?

— Non ! Enfin, je ne crois pas… C'est allé si vite ! Quand il m'a sortie de la porte, je ne me souviens pas bien… J'étais déséquilibrée… Je me suis peut-être accrochée, je ne sais plus ! Mais lui, il est tombé… C'était un accident, je vous dis !

— Pourquoi ne pas avoir prévenu les secours, alors ? Ou la police ?

— Je ne sais pas. Ou plutôt, si… Je l'ai appelé du haut des marches. Comme il ne répondait pas, je suis descendue. Il avait les yeux grands ouverts. Un masque de surprise se lisait sur son visage. Du sang lui sortait du nez et d'une oreille… J'ai bien vu qu'il était mort ! Sur le moment, j'ai complètement paniqué. Je me suis mise à trembler comme une feuille. Je n'arrivais pas à le regarder. J'avais l'impression que ses yeux me suivaient partout ! La première chose que j'ai faite fut de les lui fermer. Ensuite, j'ai ramassé les billets qui s'étaient éparpillés partout sur le sol. J'étais dans un état second. J'ai fermé le sac et je l'ai laissé là, par terre. Je ne savais pas du tout ce que je devais faire. Ma première idée fut bien de vous alerter, mais en remontant chez moi, je me suis dit que j'allais être soupçonnée, voire accusée… Et comment expliquer la présence de ce bon Dieu de sac ? Arrivée en haut, ma décision était prise. Il fallait qu'il disparaisse pour de bon ! Je ne savais pas encore comment.

« Comme un automate, j'ai ramassé les clés de ma cave et je suis redescendue. À ce moment-là, je voulais juste le traîner à l'intérieur. Là, déjà, j'ai peiné ! Il pesait son poids, Pascal ! Un peu de sang avait coulé sur le béton du couloir. Encore une fois, je suis remontée chercher une cuvette et une brosse avec du détergent. J'ai dit à ma mère que j'avais cassé une bouteille. Quand j'ai eu fini de nettoyer, je l'ai regardé, tout recroquevillé sur le sol. Je me suis dit que je ne pouvais pas le laisser là. Il y avait ce grand congélateur que mes parents s'étaient laissé fourguer par un vendeur persuasif. Beaucoup trop grand pour nous, cet appareil : il était toujours presque vide… Pour une fois, il allait servir ! J'ai vidé le peu qu'il contenait, j'ai ensuite débarrassé Pascal de ce qu'il avait dans les poches, et je l'ai hissé dans le congélateur. J'ai cru que je n'y arriverais jamais ! J'étais en nage. Pourtant, je tremblais encore de tout mon corps… Là, je me suis laissée tomber sur le sol, et j'ai pleuré un bon moment. Quand mes yeux sont retombés sur le sac, je me suis dit qu'il fallait que j'aille jusqu'au bout…

— Ce n'est pas plutôt ce fameux sac qui vous a fait agir ainsi ?

— Mais vous ne comprenez donc rien ! Ce sac, je l'ai maudit dès le début ! Tout ce qui est arrivé, c'est à cause de ce maudit argent ! Mais maintenant qu'il était là, il fallait bien qu'il serve à quelque chose… Je me suis ressaisie. Je suis encore retournée chez moi, j'ai pris mon manteau, mon sac à main, et je suis partie. Il fallait que j'enlève sa voiture de là, à Pascal. Je ne savais pas où j'allais la laisser, à ce moment-là ! J'ai commencé à rouler au hasard, en cherchant une solution. Je suis passée par Chamalières, puis Royat… Ensuite, Boisséjour, Ceyrat… Là, je me suis arrêtée vers le pont de l'Artière, pour réfléchir. Il fallait maintenant que j'agisse avec ma tête. Je suis restée là jusqu'à la nuit tombante, envisageant mille et une solutions. Et l'idée m'est venue !

— Celle d'aller perdre la voiture au Mont-Dore ?

— Non, pas celle-là ! Celle de demander de l'aide à mon frère ! Je savais qu'il était en train de construire son garage, sur le côté de sa maison. J'avais vu le trou, la semaine précédente… Comme il n'y travaille que le week-end, il fallait vite que je l'appelle. Alors, je suis repartie. Je me suis arrêtée à la première cabine au bord de la route, à Saulzet. Mon frangin a décroché tout de suite, heureusement. Je lui ai demandé s'il était seul. Il l'était. Il valait mieux, parce que ma belle-sœur, celle-là… Enfin ! Je lui ai tout raconté, comme à vous en ce moment. Et il a fait comme vous. Il était catastrophé, et il m'a conseillé de redescendre, de sortir le corps du congél' et de vous appeler. Je lui ai répondu qu'il n'en était pas question, que c'était trop tard, et que je voulais seulement son aide. Comme il ne répondait pas, je lui ai alors parlé de ce que contenait le sac. Je me souviens lui avoir dit qu'il y avait au moins dix millions.

— Vous aviez compté ?

— Non ! J'ai dit ça au hasard, pour le faire réagir. Il n'y a pas autant… On a compté jeudi, avec mon frère. Il y a un peu plus de soixante-dix mille francs. Mais je m'en fichais, de l'argent… Je voulais m'en sortir, c'est tout ! C'est lui qui a voulu compter. De toute façon, je lui laissais tout, à mon frère.

— Pour quelqu'un qui dit vouloir l'innocenter, vous le chargez drôlement, là !

— Je vous dis la vérité ! C'est bien ce que vous voulez, non ?

— Oui, bon… Et après ?

— Où en étais-je restée ? Ah oui… Il ne m'a pas répondu directement. Il m'a juste demandé :

« — T'es où, là ?

« Je lui ai répondu que j'avais emprunté la voiture pour aller la perdre dans les bois, par là. Ça m'est venu comme ça, cette idée. Là, il s'est emporté en criant :

« — T'es pas folle ? C'est le meilleur moyen de te faire gauler ! Si ça se trouve, des gens t'ont vue partir. Peut-être même que d'autres gens te voient en ce moment !

« Il m'avait paniqué. Mais c'était vrai. J'avais garé la voiture au pied de la cabine, et des gens montaient et descendaient la Nationale. Comme je ne disais plus rien, il a continué :

« — Il faut que tu laisses cette caisse assez loin de chez lui. Faire croire qu'il s'est barré avec le fric. Dans une ville, sur un parking.

« Il avait donné l'idée, mais je ne m'en sentais pas capable. Je lui ai quand même demandé où je pourrais aller. Il voulait que j'aille jusqu'à Ussel, voire même Tulle. Mais je lui ai alors demandé comment je pourrais rentrer, sachant que je reprenais le boulot le lendemain à treize heures. Il m'a dit d'attendre un moment. J'ai remis des pièces dans le monnayeur. Au bout d'un temps qui m'a paru une éternité, il m'a donné la solution. Laisser la voiture au Mont-Dore, en plein centre, et revenir par le train du matin…

Clac ! L'enregistreur s'était arrêté. Fabri continua :

— Désolé, ça manque quand même d'autonomie, ces petits appareils. Mais vous savez l'essentiel. Je vais juste vous résumer la fin. Elle est repartie se cacher dans un chemin creux, vers Aydat. Elle y est restée jusqu'à deux heures du matin. Elle m'a avoué s'y être endormie. Puis elle est montée au Mont-Dore, a parqué la voiture devant un grand hôtel, a patienté jusqu'à cinq heures du matin. Elle a eu la chance que personne ne la remarque. Elle est descendue à la gare à pied, a pris un billet pour rentrer à Clermont. La suite, vous la connaissez. Enfin, presque.

J'intervins :

— Pourquoi, presque ?

— Parce qu'il reste encore quelques zones d'ombre… Mais bon ! Dès le lundi, elle a rappelé son frère. Ils ont convenu qu'elle monterait chez lui avec le sac pendant son prochain congé. Il avait trouvé la solution. Quand les gendarmes sont allés perquisitionner, ce matin, ils ont découvert que tout était prêt pour la sépulture de Pascal Clayeux. Bourat avait creusé un peu plus profond la fondation de son garage, et sa petite bétonneuse était prête à tourner. Votre sac, lui, était caché dans son atelier… Enfin, pas le sac. Les billets soigneusement rangés dans un carton. Il a dû partir à la poubelle, votre sac !

Sa dernière remarque a dû me faire blanchir. Sur les trois qui me regardaient en silence, au moins deux savaient pourquoi. Une partie de ma vie venait de s'évanouir. Ce vieux sac était la dernière chose qui me reliait à seize ans d'expiation volontaire et de vie presque ascétique. Le contenu, aujourd'hui, je m'en fichais un peu. J'aurais simplement aimé conserver ce vieil objet comme on regarde une photo jaunie avec nostalgie. L'inspecteur essaya de rattraper sa bévue :

— Il contenait autre chose que de l'argent, votre sac ?

— Des babioles… Des souvenirs, rien de bien important. C'est le sac lui-même que j'aurais bien aimé garder. Vous avez fait fouiller sa poubelle ?

— Oui. Rien. Les éboueurs avaient dû passer entre-temps.

— C'est pas grave… Vous nous avez parlé de zones d'ombre, tout à l'heure ?

— Oui… Mais je ne vois pas comment élucider ce dernier mystère.

En proférant cette petite phrase assassine, il avait fixé Rose qui avait rougi. Dimitri tenta de crever l'abcès en lui faisant préciser :

— C'est-à-dire ?

— Eh bien, je pense qu'on ne retrouvera jamais l'associé, ou le complice, ou même le commanditaire de Pascal Clayeux, maintenant qu'il est mort. Il va passer à travers les mailles du filet. Mais tant pis, hein ? L'essentiel est bien qu'on ait retrouvé votre argent…

Je m'entendis répondre :

— L'argent, je m'en fous un peu, aujourd'hui… Il a quand même coûté la vie à un homme…

— Ouais, enfin quand même ! C'est une somme… Dès que possible, je viendrai le restituer à Dimitri, puisque la plainte émanait de lui.

— C'est très bien comme ça.

Rose, autant pour changer de sujet que pour se redonner une contenance, demanda :

— Et mademoiselle Bourat, que va-t-il lui arriver, maintenant ?

— Ça, ce n'est plus de mon ressort. Elle va être déférée au parquet et sans doute condamnée. Mais ne culpabilisez pas, mademoiselle. Il se peut que même sans le sac, son histoire ait fini comme ça… Bon, il serait temps que je vous laisse.

Il se leva, salua tout le monde à la cantonade et sortit.

Rose, soulagée, me demanda quand même :

— Tu crois qu'il a compris ?

— Je crois, oui !

Épilogue

Mon vieux faussaire avait vraiment été parfait, à l'époque. Pourtant, tout le long du voyage en train qui me menait à Nice, ma supposée ville de naissance, je n'en menais pas large. Quand je me suis posté devant le guichet de la mairie non plus. Surtout que la vieille acariâtre derrière le carreau de son hygiaphone me secoua un peu en me demandant impatiemment ce que je désirais. Il faut dire que j'étais tétanisé, restant muet comme une carpe. Au troisième « Alors ? », je m'entendis chuchoter, la voix cassée par la peur :

— C'est pour un extrait d'acte de naissance.

— Tout ce temps pour ça ? Pièce d'identité, s'il vous plaît !

Elle scruta ma vieille carte :

— Elle est périmée… Il faudra la faire refaire !

— C'est bien pour ça…

Elle n'attendit pas la suite, disparut quelques minutes et revint, l'air toujours aussi aimable :

— Paredès, Léon, né le 18 décembre 1942 à Nice, de Maria Paredès, décédée, et de père inconnu… C'est bien ça ?

Je murmurai :

— Oui.

Elle me fit passer le document en ajoutant :

— Eh bien voilà, ce n'était pas bien compliqué !

Si elle avait pu savoir combien ce le fut pour moi ! Je me ruai sur la première cabine téléphonique pour informer Rose de la bonne nouvelle. Elle fut ravie, bien sûr. C'est elle qui m'avait poussé à faire toutes les démarches afin que je retrouve une existence légale. Elle ne voulait pas que son enfant soit de père inconnu.

C'est qu'il s'en était passé, des choses, depuis notre retour de Clermont-Ferrand ! Après avoir raconté ma mésaventure à Solange et Ferdinand, sans rien omettre cette fois, les grandes résolutions s'enchaînèrent à un rythme qui m'avait un peu dépassé. Ils décidèrent d'abord qu'il nous fallait une maison. Le vieux paysan en connaissait une, dans le village. Après avoir objecté qu'on n'avait pas d'argent, il avait dit, bourru comme à son habitude :

— J'vous la paye, la baraque !

Tout naturellement, j'avais repris le travail à ses côtés. Un soir à la soupe, il avait émis une réflexion qui nous laissa pantois :

— Ça peut pu durer comme ça !

Ne sachant pas où il voulait en venir, Rose lui avait fait préciser :

— De quoi parles-tu ?

Il marmonna, plus buté que d'habitude :

— Vous deux, là ! Léon, faut que j'te dise… À présent, t'es de la famille. Nous, on n'aura jamais d'gamin… J'vas t'associer au domaine. Mais pour ça, il faut que t'existes. Il faut que t'ayes un numéro de sécu, tout ça !

Rose, soulagée, avait renchéri sur le côté légal, sur l'arrivée prochaine du bébé. Ils avaient réussi à me convaincre.

Mais pour moi, il était hors de question que je reprenne ma véritable identité. Je leur avais expliqué que j'allais tenter un dernier coup de poker. Le tout dernier de ma vie. Après, il ne serait plus jamais question que je m'en remette au hasard. Voilà comment j'étais arrivé à Nice, par cette belle matinée de novembre.

Dès mon retour, les choses s'accélérèrent. Toutes les formalités d'association avec Ferdinand furent accomplies. Les journées étaient bien remplies entre les travaux de la ferme et l'aménagement de la maison. Rose rentrait de Bourges tous les soirs. Nous étions encore obligés d'occuper sa chambre, tant que la restauration de notre petite maison n'était pas achevée. Décembre arriva doucement. Entre-temps, l'inspecteur Fabri avait restitué le contenu du sac à Dimitri. Enfin, seulement l'argent. Pour le reste, j'avais été obligé de faire une croix dessus. Rose trouvait que c'était mieux. Une façon de faire définitivement le deuil de mon ancienne vie.

Si je n'objectai rien le jour où elle émit cet avis, ce fut la veille de l'anniversaire de ma « disparition » que ma question la surprit. Quand je lui demandai si elle voulait m'accompagner pour un dernier pèlerinage à Paris, afin cette fois de tirer un dernier trait sur la vie de Joël, elle refusa, prétextant la fatigue. C'était sans doute vrai : ses beaux yeux se cernaient à mesure que son ventre commençait à prendre de jolies courbures. Mais elle ajouta, comme pour finir de se justifier :

— Ce voyage ne concerne que toi. Je sais où tu veux aller et je n'ai pas peur. Essaie seulement de te montrer discret.

Paris avait bien changé en quelques années. Les petites boutiques du faubourg Saint-Antoine avaient laissé place à des cabinets d'assurances ici, à des agences bancaires là... Même les petits bistrots avaient presque tous disparu. Par contre, le marchand de couleurs en bas de notre ancienne adresse était toujours là, lui. Parce que de la rue de Montreuil, Sandrine était revenue habiter sur le faubourg. Mais pas dans le même immeuble. Celui-là était plus cossu. Plus loin aussi, presque place Aligre. Je me suis posté en face, dès le début de la matinée. J'avais détaché mes cheveux, et comme ma barbe avait repoussé, selon la volonté de Rose, j'étais à peu près sûr d'être méconnaissable. Après plus de deux heures d'attente, je la vis enfin sortir de l'immeuble. Accompagnée d'une jolie jeune fille, à l'allure très distinguée... Ma fille, sans doute. Elles pénétrèrent chez un fleuriste, ressortirent quelques minutes plus tard chargées d'un énorme bouquet de fleurs fraîches. Elles firent quelques dizaines de mètres, jusqu'à la station de taxis. Elles s'engouffrèrent dans le premier de la file. J'en fis de même avec le second, en indiquant au chauffeur :

— Suivez votre collègue !

Me prenant sûrement pour un mari cocu filant l'infidèle, il obtempéra en silence, certainement aussi alléché par le billet de cent francs que je venais de lui tendre. Je ne fis pas attention au paysage, ne quittant pas des yeux l'autre taxi. Aussi, quand il s'arrêta devant un grand mur gris, je m'entendis indiquer :

— Dépassez-le et posez-moi un peu plus loin.

Il stoppa juste devant l'entrée d'un cimetière. Je réglai la course, et au moment où je sortais de la voiture, je vis les deux femmes franchir le grand portail, sans un regard vers moi. Je les laissai avancer dans l'allée centrale d'une bonne cinquantaine de mètres, puis entrai à mon tour. Elles obliquèrent dans une travée à droite. J'en fis de même trois allées avant. Quand elles s'arrêtèrent devant une stèle en ciment comme on en faisait dans les années soixante, je fis semblant de me recueillir face à la sépulture où je m'étais arrêté. Sandrine déposa son bouquet de fleurs dans un gros vase après avoir enlevé d'autres fleurs moins fraîches. Ce fut la jeune fille, Laure sans doute, qui les porta dans une poubelle. Ensuite, elles restèrent là, en silence, tête basse. Si je voulais rester discret, il fallait que je bouge. Je fis demi-tour et m'engageai dans une autre allée, en face. Je m'arrêtai encore devant une autre tombe parsemée de gravier, et fis mine d'enlever les mauvaises herbes. Je n'avais pas pour autant relâché ma surveillance. Elles partirent enfin, en silence. Dès qu'elles furent sorties du cimetière, je me précipitai là où elles s'étaient recueillies. J'ai bien cru que j'allais tourner de l'œil. Sur la stèle en ciment parfaitement entretenue, une plaque en granit noir était vissée, sur laquelle on avait gravé à la feuille d'or : « JOËL MARQUET - 1944-1966. »

Pour ne pas que le sol se dérobe sous mes pieds, je dus prendre appui sur la pierre juste derrière moi. Un homme en bleu de travail avait dû croire à un malaise, puisqu'il se précipita en me demandant si tout allait comme je le voulais. Avec un pauvre sourire, je le remerciai de sa sollicitude et m'en fus à grandes enjambées. J'avais la tête qui tournait encore en sortant du cimetière. Je me précipitai dans le premier bistrot sur mon chemin, m'appuyai au comptoir en commandant un café-calva d'une voix blanche. Le patron, un gros bonhomme à l'air jovial, me demanda :

— Vous avez perdu quelqu'un ?

Je répondis, laconique :

— Oui, moi !

Il dut me prendre pour un fou, puisqu'il ne m'adressa plus la parole. Mille pensées me traversaient l'esprit. J'étais donc mort ? Comment était-ce possible, puisque j'étais là, devant mon café ? Je comprenais maintenant pourquoi personne ne m'avait recherché. Dimitri avait raison : j'aurais dû consulter les journaux, à ce moment-là. J'aurais sans doute su, et j'aurais pu, je ne sais pas, démentir… ou laisser faire. Mais au moins, j'aurais été au courant. Maintenant, il fallait que j'élucide ce mystère. Mais comment ? Je n'allais pas me pointer au premier commissariat en disant « Bonjour, je suis Joël Marquet, vous m'avez enterré en soixante-six, pouvez-vous me dire comment je suis mort ? » C'était le meilleur moyen de finir à Charenton. Pour rompre le silence qui devenait pesant, je demandai au bistrotier :

— Savez-vous où je puis consulter les archives de presse ?

Il leva sur moi un regard méfiant :

— Tout dépend de quelle époque…

— 1966.

— Eh ben dites donc ! Là, je ne vois que la Bibliothèque nationale. Je crois qu'ils conservent un numéro de chaque jour.

— Pouvez-vous m'appeler un taxi ?

Il s'exécuta sans un mot, sans doute pressé de voir s'éclipser ce client bizarre. Je lâchai quelques pièces de monnaie sur le zinc et sortis attendre dehors. Une Peugeot 504 stoppa à mes pieds. Je m'engouffrai dedans en lui indiquant ma destination. Plus on approchait, plus j'étais fébrile de savoir comment j'avais disparu.

Une dame d'un âge certain me dirigea vers la section presse de la bibliothèque. Là, une autre femme, plus jeune et plus avenante, s'enquit de l'objet de ma visite. J'y allai de mon laïus :

— Serait-il possible de consulter la presse de la fin de l'année soixante-six ?

Elle me sourit comme on peut sourire à un enfant qui demande la lune :

— Elle est bien vague, votre demande. Que cherchez-vous, exactement ?

J'étais bien embêté. Je ne le savais pas moi-même, ce que je cherchais. Un peu gauche, je répondis :

— Je ne le sais pas vraiment… Un fait divers, sans doute. Au pire, les rubriques nécrologiques.

— Avez-vous des dates précises ?

— À partir du 20 décembre, je pense, et au moins jusqu'au 25.

— Bien. Pour les faits divers, je vais vous ressortir les éditions de *L'Aurore*, de *France-Soir* et du *Parisien Libéré*. Pour les avis d'obsèques, si ce que vous recherchez s'est déroulé à Paris, vous trouverez aussi.

Elle m'installa à une table et revint vers moi les bras chargés de journaux. Dans *L'Aurore* et *Le Parisien* du 20, rien. Par contre, dans le *France-Soir* du même jour, qui comme son nom l'indique paraît le soir, un grand article à la page des faits divers retint mon attention : « Spectaculaire explosion dans le XIXe arrondissement suite à un accident de voiture. » Tel en était le titre. Je lus l'article en détail : « Alors qu'il était poursuivi par un véhicule de patrouille pour avoir franchi illégalement deux feux tricolores, un véhicule de marque Simca s'est encastré tôt ce matin sous un camion-citerne transportant du fuel domestique, alors qu'il brûlait un troisième feu rouge. Le choc dut être d'une extrême violence, puisqu'il provoqua une explosion instantanée. À l'arrivée des soldats du feu, on ne put ressortir des deux véhicules que les corps sans vie des conducteurs. Si le corps du chauffeur du camion n'était pas trop abîmé, celui du conducteur du véhicule de tourisme était complètement calciné. Le quartier fut totalement bloqué une grande partie de la matinée, occasionnant des encombrements sans précédent. À l'heure où nous mettons sous presse, nous n'avons pas plus de précisions quant à l'identité des victimes. Nous vous tiendrons informés dans notre prochaine édition. »

Ce n'était peut-être qu'une coïncidence. Les mains tremblantes, j'ouvris *L'Aurore* du lendemain. À la page 3 s'étalait une photo des deux véhicules carbonisés. Je me précipitai sur l'article. Il était beaucoup plus étoffé que celui du confrère de la veille. On y apprenait l'identité des victimes. La Simca appartenait à une compagnie d'assurance réputée du XIIe arrondissement de Paris. Elle était conduite par Joël Marquet, un de ses représentants. Le journal concluait en présentant ses condoléances aux familles des deux victimes.

Je devais être pâle comme un linge quand j'ai remis la pile de journaux à la demoiselle, puisqu'elle me demanda :

— Vous avez trouvé ce que vous cherchiez ?

Après un « oui » murmuré du bout des lèvres, elle insista :

— Ça va aller, monsieur ?

Sans répondre, j'esquissai un geste de la main et sortis en vitesse. Encore une fois, je me ruai dans le premier bistrot sur ma route. Je m'installai à une table en commandant un cognac, sans café cette fois. Sans le vouloir, j'avais provoqué deux morts de plus. Décidément, mon parcours était jonché de cadavres. Celui qu'on avait pris pour moi, ce ne pouvait être que Francis. C'était lui qui, ce soir-là, avait empoché les clés de ma voiture. Lui aussi qui avait arboré fièrement ma belle montre Lip en acier que j'avais rageusement jetée parmi les billets. Mon alliance, il l'avait simplement mise dans sa poche, en promettant de me la rendre quand j'aurais réglé ma dette. Dans mon souvenir, il était à peu près de même corpulence que moi. En plus, comme tout un chacun lors de ces soirées, il portait lui aussi un complet noir, assorti d'une chemise blanche et d'une cravate noire. C'était le code. Si j'avais bien lu les articles, il ne devait plus rester grand-chose de tout ça, de toute façon.

Au deuxième verre, j'en étais encore à me lamenter sur mon sort. Après le troisième, ma décision était prise… Enfin, j'avais seulement décidé de n'en prendre aucune. Simplement de rentrer chez moi, là-bas, à Sagonne. Si les deux femmes de ma première vie se recueillaient sur une tombe qui n'était pas la mienne, c'était très bien. Elles, au moins, avaient eu le temps de faire leur deuil. Cette sépulture, il fallait que je la voie comme un symbole. Puisque j'avais décidé de m'effacer de leur vie, il était humain qu'au moins ma fille ait un endroit pour se souvenir qu'elle avait eu un père. Maintenant, il était clair que Joël Marquet était définitivement mort. Pour faire bonne mesure, j'avalai un quatrième cognac. Puis, sans comprendre comment mes jambes arrivaient encore à me porter, je réglai mes consommations au bar et sortis. Malgré le paysage légèrement instable, j'arrivai à me traîner jusqu'à une station de taxis et me fis conduire directement à la gare d'Austerlitz.

Il n'était pas question que je retourne à la Nation. J'en avais assez vu pour aujourd'hui.

Mon train ne partait que dans plus d'une heure. J'en profitai pour aller me passer de l'eau sur le visage et prendre deux cafés serrés au buffet. Malgré tout, j'avais encore la nausée. J'hésitai à appeler Rose pour qu'elle vienne me récupérer à la gare. Tout compte fait, j'y renonçai. Il serait toujours temps en arrivant à Bourges.

Durant les deux heures que prit le voyage, j'essayai tant bien que mal d'effacer l'image de Sandrine et de ma fille la tête basse dans ce cimetière. En vain. Il faudrait du temps, encore. Arrivé à destination, j'appelai enfin Rose depuis la brasserie de l'hôtel du Cygne, face à la gare. Elle arriva alors que j'ingurgitais mon troisième café. Je la fis asseoir, et à brûle-pourpoint, lui demandai :

— Tu savais que j'étais mort ?

Elle me regarda comme si je descendais de la planète Mars et ne put que proférer :

— Hein ?

Je lui narrai alors en détail l'intégralité de ma journée. À mesure que j'avançais dans mon récit, je la voyais blanchir devant tant d'horreurs. Quand j'eus terminé, elle ne trouva qu'à dire :

— Ah ben ça alors !

Après un grand moment de silence, elle finit son café et se leva précipitamment :

— On y va !

Elle sortit des encombrements de la ville sans rien dire. Une fois sur la route de Dun, elle dit, sans détourner la tête :

— Tu vois, Léon, j'avais raison. À aucun moment tu n'avais le droit d'aller bouleverser encore une fois leur vie. Elles sont heureuses, ça devrait te suffire.

Elle tourna la tête vers moi pour juger de ma réaction. Je la fixai dans les yeux avec un pâle sourire :

— Tu as toujours raison, Rose. Maintenant seulement, on va pouvoir vivre uniquement pour nous.

Son visage s'éclaira. Elle roula encore quelques kilomètres avant de me demander :

— Mais alors, cet argent, que vas-tu en faire ?

— Tu sais, je le destinais à l'avenir de mon enfant, ce paquet de fric…

Je posai délicatement ma main sur son ventre :

— Eh bien ce sera pour celui-là, d'enfant ! Je vais tout placer à son nom sur un livret, dès qu'il sera né. Comme ça, à dix-huit, ça lui fera un petit pécule pour démarrer dans la vie… Remarque, il n'aura cet âge-là qu'en l'an 2000. Il est probable que d'ici là ça ne représente plus grand-chose. Entre-temps, j'espère pouvoir lui inculquer d'autres valeurs, comme celles qui m'ont fait arriver jusqu'ici. Pendant seize ans, j'ai vécu de peu, mais je me suis enrichi l'âme grâce aux gens de bonne volonté que j'ai pu croiser.

À Saulzet-le-Chaud,
du 15 septembre 2014 au 30 janvier 2015

Collection
Les polars du terroir

Flic flaque
Jerry Josnes

La main sur le sac
Serge Camaille

Faux-semblants
Chérif Zananiri

Du sang sur le cachemire
Christian Goemaere

Les châtiments
Stéphane Bein

Par trois fois ta vigne saignera
Pierre-Jean Brassac

Touche-moi si tu oses
Pierre-Jean Brassac

LA MAIN SUR LE SAC
Auteur : Serge CAMAILLE

Directeur de collection : Christophe MATHO
Maquette : Stéphane BAZIN

Edition, réalisation : MARIVOLE Editions
SAS CPE - RCS B 398-382-416
Rue Aristide Boucicaut
41200 Pruniers-en-sologne

Téléphone : 02 54 83 41 41
Fax : 02 54 76 77 98
Courriel : marivole@cpe-editions.com
Site Internet : www.marivole.fr

Imprimé en France par Présence Graphique
Mars 2016

ISBN : 978-2-36575-320-3
EAN : 9782365753203
Dépôt légal à parution